MEDUSA

Título original: MEDUSA. The Girl behind the Myth

Texto: © 2021, Peebo & Pilgrim Ltd.

Ilustraciones: © 2021, Olivia Lomenech Gill

Traducción: Laura Lecuona

D. R. © 2022, Editorial Océano de México, S.A. de C.V.
Guillermo Barroso 17-5, Col. Industrial Las Armas
Tlalnepantla de Baz, 54080, Estado de México
info@oceano.com.mx

Primera edición: 2022

ISBN: 978-607-557-544-5

Impreso y encuadernado en: Impresora Tauro, S.A. de C.V.

Impreso en México / Printed in Mexico

MEDUSA

JESSIE BURTON

ILUSTRACIONES DE
OLIVIA LOMENECH GILL

GRANtravesía

Para Florence y Elsa, mis ahijadas

Gracias a Ellen Holgate por su maravilloso cuidado y guía en la escritura de esta historia.
A todo el equipo de Bloomsbury por todo su entusiasmo y el arduo trabajo para que este
libro cobrara vida. A Juliet Mushens por sus ánimos y su inestimable apoyo. A Sam
McQueen por las interminables charlas sobre el texto, por las lecturas y por las tazas de té.
A Olivia Lomenech Gill por la extraordinaria constelación de imágenes que hay dentro
de este libro. Y a Caravaggio, porque gracias a su famoso y aterrador retrato de Medusa
supe que había algo en esa chica que él no nos había contado y que un buen día yo
escribiría.

J. B.

Gracias a las siguientes personas (y cánidos) por su ayuda al crear las imágenes
de este libro: Louis Philpott Dodds, Grace James, Sophie Jacquemin, Pod (Argentus)
y Wiki (Orado), Glen Annison (pescador de Seahouses, Northumberland),
Justin Mortimer y Alison Eldred.

O. L. G.

CAPÍTULO UNO

Si te dijera que maté a un hombre con una mirada, ¿te quedarías a escuchar el resto de la historia? ¿El porqué y el cómo y qué pasó a continuación? ¿O saldrías huyendo de mí, de este espejo manchado, de este cuerpo de carne singular? Te conozco. Sé que no te irás, pero mejor déjame empezar con esto: una chica en el borde, un acantilado, el viento que sacude su extraña cabellera. Allá abajo, un chico en su bote. Deja que se cuenten su historia, más vieja que el tiempo, el uno al otro. Deja que se conozcan hasta la indiscreción.

Permite que comience en mi isla rocosa.

Mis hermanas mayores y yo llevábamos allí cuatro años, un destierro eterno que nosotras mismas habíamos elegido. En casi todos los aspectos, el lugar se adaptaba a mis necesidades a la perfección: solitario, bello, inhóspito. Pero para siempre es mucho tiempo y algunos días pensaba que me volvería loca; de hecho, ya lo estaba.

Sí, habíamos escapado; sí, habíamos sobrevivido; pero la nuestra era una vida a medias, escondiéndonos en cuevas y sombras.

1

Mi perro Argentus, mis hermanas, yo: mi nombre que a veces se susurraba en la brisa.

Medusa, Medusa, Medusa. En la repetición y en las decisiones tomadas, mi vida, mis verdades, mis días tranquilos, los pensamientos que se formaban, todo se había desvanecido. ¿Y qué quedaba? Estos salientes rocosos, una joven arrogante recién castigada, una historia de serpientes. La escandalosa realidad: no conocía ningún cambio que no fuera monstruoso. Y había otra verdad: me sentía sola y llena de ira; la rabia y la soledad pueden acabar teniendo el mismo sabor.

Cuatro años atrapada en una isla es mucho tiempo para pensar en todo lo que ha salido mal en tu vida. Las cosas que te hizo la gente y que estaban fuera de tu control. Cuatro años sola, así, avivan el ansia de amistad e insuflan tus sueños de amor. Estás en lo más alto de un acantilado, oculta tras una roca. El viento golpea una vela y el perro de un desconocido comienza a ladrar. Entonces, aparece un chico y tú sientes que tus sueños pronto podrían hacerse realidad. Salvo que esta vez la vida no será vergonzosa. Esta vez, será una vida buena y feliz.

Lo primero que vi de este chico (yo estaba en el borde de aquel acantilado mirando hacia abajo, él en el bote, con la mirada perdida) fue su espalda. Su encantadora espalda. La manera en la que arrojaba el ancla en mis aguas. Luego, mientras se enderezaba, el contorno de su cabeza: ¡una cabeza perfecta! Al girarse, su rostro se giró hacia mi isla. Miró sin ver.

Yo sé mucho acerca de la belleza. Demasiado, de hecho. Pero nunca había visto nada como él.

Tenía más o menos mi edad, era alto y bien proporcionado, aunque algo delgado, como si llevara mucho viajando en ese bote y no supiera pescar. Al sol le fascinaba su cabeza y formaba diamantes en el agua para coronarla. Su pecho era un tambor en el que el mundo marcaba un ritmo; su boca, la música para bailarlo.

Contemplar a ese chico resultaba doloroso, pero resultaba imposible apartar la mirada. Quería comérmelo como si fuera un pastel de miel. Quizá fuera deseo, quizá fuera pavor: quizá fueran ambos. Quería que me viera y temía que lo hiciera. Mi corazón me asombraba como una herida en busca de sal.

Parecía estar calculando el tamaño de mis rocas y cuán infranqueables serían. Un perro, el origen del ladrido que me llevó a mi puesto de observación, se lanzó a la cubierta como una bola de luz.

—¡Orado! —llamó el chico a su bola de luz—. ¡Por el amor de Zeus, cálmate!

Parecía preocupado, pero su voz era clara. Tenía un acento extraño, así que supuse que vendría de lejos. Orado, el perro, se sentó y movió la cola. Observar a esta criatura animó mi corazón herido. *¿Un amigo para Argentus?*, me pregunté, pensando lo solo que estaba mi perro sin otros de su especie.

Pero lo que de verdad pensaba era: un amigo para mí.

CAPÍTULO DOS

Este joven se encaramó a una roca y se sentó con las piernas oscilando sobre el agua, sin hacer nada más que darle palmaditas en la cabeza a Orado. Por su posición encorvada, me daba la impresión de que no quería estar aquí y también de que se encontraba completamente perdido. Parecía presto para regresar a su bote, desplegar la vela y partir.

Hazlo, lo animé en silencio desde mi escondite. *Abandona este lugar. Será mejor para ambos. Por algo son tan altos mis acantilados.*

Mientras estos pensamientos brotaban en mi cabeza como flores poco gratas, llegó otro más. *Ven, sube. ¡Sube y mírame!*

Pero nunca podría verme. *Medusa*, me dije, *imagina lo que sucedería. Olvídalo. ¿Qué vería: a una chica o a un monstruo? ¿O a ambos a la vez?* Como si percibiera mi agitación, mi cabeza se empezó a retorcer. Me llevé las manos a ella y oí un suave siseo.

Cuatro años atrás, tenía un cabello precioso. No, debería decir: cuatro años atrás, todo era diferente, y lo de menos era que tuviera un cabello precioso. Ya que tantas veces he sido acusada de

vanidosa por gente que, sin embargo, creía tener el derecho a comerme con los ojos, por qué no decir esto: mi cabello era precioso. Era largo y lo llevaba suelto, excepto cuando pescaba con mis hermanas, porque el pelo en los ojos estorba cuando una intenta pescar un calamar. Era castaño oscuro, caía por mi espalda y mis hermanas lo perfumaban con aceite de tomillo.

Yo no pensaba mucho en él; era mi cabello, sin más. Pero cuánto lo extraño ahora.

Ahora, desde la nuca hasta la frente, pasando por la coronilla, mi cráneo es un nido de serpientes. Así es: serpientes. Ni una sola hebra de cabello humano: sólo serpientes amarillas o rojas; serpientes verdes, azules y negras; serpientes con lunares y serpientes rayadas. Una serpiente color coral. Otra de plata. Tres o cuatro de oro brillante. Soy una mujer cuya cabeza sisea. Es un gran tema para romper el hielo e iniciar una conversación, si acaso hubiera alguien cerca con quien conversar.

Nadie en el mundo tiene una cabeza como la mía. O eso creo, aunque quizá me equivoque. Podría haber mujeres con serpientes en vez de cabello por todo el mundo. Mi hermana Euríale pensaba que era un regalo de los dioses. Aunque no le faltaba razón (literalmente: fue la diosa Atenea quien me hizo esto), yo no estaba del todo de acuerdo. Mi nasa de anguilas, mis crías necesitadas, una nerviosa cabeza de colmillos. ¿Por qué querría algo así una joven que sólo quiere vivir su vida?

Cuando respiraba, sentía respirar a las serpientes, y cuando tensaba los músculos, ellas se erguían para atacar. Euríale decía que eran inteligentes porque así era yo; que tenían variedad de colores y temperamentos porque así era yo. Eran difíciles de manejar y disciplinadas en ocasiones porque así era yo. Sin embargo, no vivíamos en completa simbiosis, porque a pesar de todo eso, no siempre podía predecir cómo se comportarían. Cuatro años juntas y aún no era su ama y señora. Me daban miedo.

Cerré los ojos e intenté no pensar en Atenea y la horrible advertencia que me hizo antes de que huyéramos de casa: «¡Ay del hombre que sea lo suficientemente tonto como para mirarte ahora!». Atenea se fue antes de explicarse mejor. Poco después, nos fuimos de allí, horrorizadas y afligidas. Seguía sin saber qué podría pasarle al hombre que me mirara.

Pero no importaba; no quería que nadie me mirara. Estaba harta de que toda la vida me hubieran observado, y ahora, con las serpientes, lo único que quería era esconderme. Me hacían sentir un ser espantoso, lo cual sospecho que era la intención de Atenea.

Sentí que la pequeña serpiente a la que llamaba Eco se movía. Era rosa, con franjas color esmeralda en todo el cuerpo, y de carácter dulce. Giré en la dirección en que Eco se estiraba y algo atrapó mi mirada. La punta de una espada destellaba en la cubierta del bote del chico, debajo de una piel de cabra. No era una vieja espada deteriorada, cubierta de mellas y sangre color óxido, como las de otros hombres, no. Era un ejemplar flamante con la punta reluciente.

Estaba segura de que nunca había sido usada.

Eco siseó, pero hice caso omiso de su advertencia. Llevaba cuatro largos años sin que nadie de mi edad me hiciera compañía y ese muchacho era tan hermoso. Me arriesgaría a su espada con tal de seguir mirando.

Fueron Argentus y Orado quienes lo iniciaron por nosotros: nuestros cupidos caninos. Mi perro percibió el rastro del perro del chico en la brisa y, antes de que pudiera detenerlo, Argentus salió a toda prisa de nuestra cueva y se precipitó con sus largas piernas por los recovecos de la pared rocosa que daba a la playa.

Orado, por su parte, saltó del promontorio y corrió hacia mi imponente perro lobo como un emperador saludando al embajador de su isla. Casi no me atrevía a respirar mientras nuestros animales daban vueltas el uno alrededor del otro. El chico se puso de pie con expresión perpleja y volvió a mirar la roca como si intentara descifrar de dónde podía haber salido Argentus. Volvió a la cubierta de su bote, donde la espada estaba parcialmente expuesta. Por suerte, dejó el arma donde estaba.

—Hola, tú —escuché que el chico le decía a Argentus.

Al oír su voz, aun en lo alto del acantilado, mis serpientes retrocedieron y se enroscaron, hasta convertir mi cabeza en un nido de conchas de caracol. Argentus empezó a gruñir. *Silencio*, les dije a mis serpientes. *Observad.* El chico se acuclilló para darle una palmadita en la cabeza a Argentus, pero el perro se echó atrás.

—¿Quién eres? —pregunté. Hablé con pánico, preocupada por que el recelo de Argentus hacia el recién llegado lo hiciera volver a su bote en cualquier momento. Y hablé con esperanza: parecía de la mayor importancia que este chico se quedara en mi isla… un

ARGENTUS

día, una semana, un mes. Quizá más tiempo. Se avecinaba un cambio en mi fortuna; no dejaría escapar la oportunidad.

Asombrado, el chico levantó la mirada, pero sabía que no podría verme: me había vuelto toda una experta en esconderme a cielo abierto.

—¡Me llamo Perseo! —contestó.

Perseo. Así, de buenas a primeras, como si las nubes debieran conocer su nombre. Nada de escondites.

Oh, dioses. Perseo. Todavía hoy, su nombre me produce escalofríos.

¿Quizá si Argentus no hubiera gruñido?

¿Quizá si yo no me hubiera sentido sola?

¿Quizá si no hubiera hablado?

Quizá, quizá, quizá; ¿por qué los mortales siempre miramos atrás e imaginamos que había un camino más fácil? Pensamos que nada de esto habría pasado. Pensamos, por ejemplo, que Perseo habría seguido su camino, con su espada y sabrá Zeus qué más debajo de esa piel de cabra, y yo no estaría contándote todo esto. Podría seguir esperando en esa isla, todavía hoy. Con toda seguridad, no estaría aquí.

Pero no ocurrió así… y a mí nunca se me ha presentado el camino más fácil.

Perseo empezó a caminar de un lado a otro bajo el pedregal que llevaba directamente a mi escondite.

—¿Quién eres? —preguntó.

Nadie. Simplemente una chica que hizo un viaje sin regreso a una isla con sus peculiares hermanas y su perro. Aquí no hay nada que ver…

—Quédate donde estás —grité, pues él ya buscaba un espacio en las rocas por dónde escalar.

Perseo retrocedió y miró el desolado promontorio.

—¿Cómo? ¿Aquí?

—¿Tienes algún problema? —mi tono de voz sonaba más altanero de lo que me sentía.

—¿Quién eres? No te veo —hizo un ademán de ir al lugar de donde había salido Argentus.

—¡No puedes subir! —grité.

—¿Tienes algo de comer? —gritó en respuesta—. Tengo… quiero decir, mi perro tiene mucha hambre.

—Tienes al mar detrás de ti. Podrías pescar algo.

—No es mi punto fuerte.

—¿No sabes usar una caña?

Perseo rio; el sonido de su risa bien podía resquebrajar mi determinación. Todavía hoy la llevo en el alma. Así que era un chico capaz de reírse de sí mismo, algo muy poco común.

—Por favor —dijo—, te prometo que no te molestaré mucho tiempo.

—¿Adónde tienes que ir? —pregunté.

Perseo se volvió, asimilando el infinito azul del agua.

—Quizás a este lugar —respondió. Extendió los brazos y regresó al rojo de las rocas que se elevaban al cielo.

Me pregunté qué pasaría si yo saltara al precipicio. ¿Me atraparía?

—Está bien —prosiguió él—: lo reconozco, estoy perdido.

—No sabes pescar y no sabes guiarte por las estrellas. ¿Hay algo que puedas hacer? —pregunté.

Perseo se pasó una mano por el cabello mientras mi corazón se debilitaba como una yema en la sartén. *Ven aquí*, me animaba una voz en mi interior, *acércate y déjame verte*.

Y luego esa otra voz me decía: «¡Ay del hombre que sea lo suficientemente tonto como para mirarte ahora!».

—Me encomendaron una misión —dijo Perseo—. El viento me ha desviado de mi curso.

—¿Una misión?

—No puedo hablar de ella, mucho menos a gritos y de pie desde una roca.

—¿Tu madre no te enseñó que no debías hablar con extraños? —pregunté.

—Podrías ser cualquier persona —replicó él.

—Exacto. No debería estar aquí, señor Perseo.

—Completamente de acuerdo —repuso él—, pero cuando un rey decide arruinarte la vida, no tienes ni voz ni voto en el asunto —pateó una roca y se golpeó un dedo del pie, pero permaneció en silencio con la mueca de dolor.

¿De qué rey hablaba? ¿Y por qué se había puesto serio cuando mencioné a su madre? Quería saberlo. Quería historias, compañía, intimidad, pero la inseguridad me atormentaba. Perseo debía quedarse abajo; yo lo sabía, Argentus lo sabía, mis serpientes lo sabían. Sería mejor no hacerle caso, decirle que se fuera en su bote y regresara por donde había venido.

Sin embargo, cuando se unen el dolor de la soledad y la sopa amarga del aburrimiento es más peligroso que cualquier veneno.

Además, todo indicaba que había hombres poderosos interfiriendo con la felicidad de Perseo. Ya teníamos algo en común.

Miré al horizonte. Ya casi anochecía. Mis hermanas, Esteno y Euríale, no tardarían en regresar. ¿Qué diría Perseo cuando las viera acercarse? Y ellas, ¿qué pensarían de él? Podríamos estar frente a un chico muerto. Debía tomar una decisión y rápido.

—Acabo de asar unos pescados —fue mi épica respuesta—. Puedo compartirlos contigo, si quieres. A tu izquierda hay una caleta con una entrada oculta. Puedes amarrar ahí tu bote.

Nunca en la vida le había dirigido tantas palabras a un muchacho, y cuando Perseo sonrió, el corazón me empezó a punzar. En cuestión de minutos, mi vida había cambiado. Y lo diré brevemente: era feliz.

CAPÍTULO TRES

Por supuesto, no le di yo misma los pescados a Perseo. No quería que las serpientes lo espantaran. La voz de Atenea nunca abandonaba mi cabeza. Le puse la cena en una roca con forma de arco en la entrada a nuestra vivienda en la cueva, pero cuando lo oí acercarse con los dos perros, mis palabras prorrumpieron en estampida:

—¡No puedes entrar! —grité—. Quédate en ese lado del arco.

—¿Qué?

—Ahí están tus pescados y una cueva a cinco minutos de caminata, detrás del peñasco rojo. Puedes quedarte ahí. Si quieres, claro. Es decir...

—¿No quieres que entre? —preguntó.

—No puedes —contesté, evitando su pregunta. Su presencia era como un latido extra en mi sangre.

—Pero ¿por qué no puedo? —insistió él.

No me atrevía a hablar. ¿Cómo arrancarle una explicación verosímil al aire?

—Soy... peligrosa —dije sujetando a Eco con fuerza, pues se retorcía como si la hubiera arrojado a una olla de agua hirviendo.

—¿Peligrosa? —repitió Perseo, dubitativo—. No suenas peligrosa.

Miré a mis serpientes. Aparte de Argentus y mis hermanas, nunca le había mostrado a nadie mi cabeza transformada. El día que Atenea me transfiguró, huimos para siempre de las miradas indiscretas.

—Creo que es mejor que te quedes ahí afuera —dije—. Mis hermanas son muy protectoras.

—¿Y por qué? ¿Acaso estás hecha de oro y rubíes?

No reí.

—Porque a veces hago tonterías.

—Como todo el mundo.

Apreté los ojos y mis serpientes sisearon.

—Soy una carga para ellas.

Al oír esto, Perseo rio.

—Si tú lo dices. ¿Vives aquí con tus hermanas?

—Sí.

—¿Y hay alguien más en esta isla?

—Sólo nosotras.

—¿Y vuestros padres?

—Lejos.

—¿Cuán lejos?

—Te gusta hacer preguntas, Perseo. ¿Por qué no te comes tu pescado?

Volvió a reír. Parecía como si nada de lo que yo dijera pudiera molestarlo.

—Lo siento —dijo—. Sólo intento conocerte.

A pesar de una honda resistencia en mi interior, quería contárselo todo. Sentía el riesgo en la sangre, pero quizás estaba preocupándome demasiado. Mientras no viera mis serpientes, ¿qué problema habría en que le hablara de mi familia?

—Mis padres son del ilustre Océano —dije con voz entrecortada por los nervios—. En el confín de la Noche.

—¿El confín de la Noche? Suena increíble.

—Lo es.

—Entonces, ¿por qué acabaste aquí?

¡Dioses! ¿Y ahora cómo puedo responder a eso? Sus interminables preguntas desataron una serie de imágenes en mi mente.

Mi pequeño bote estaba en el agua y, debajo de él, una masa oscura se movía. A continuación, una diosa furiosa, un destello, mis hermanas paralizadas por el horror…

—Por favor, siéntate y come —dije. La voz me temblaba mientras contenía los recuerdos—. Sé que tienes hambre.

El hambre física de Perseo aplacó su sed de información. Lo oí sentarse al lado de los pescados, desdoblar las hojas en las que los había asado. El aroma de las hierbas y de la carne fresca era casi irresistible. Para mi desgracia, las serpientes empezaron a desplegarse con placer. ¿Por los pescados o por el chico? No tenía ni idea. ¿Esto era la atracción? ¿Esta pérdida de control?

—No has envenenado estos pescados, ¿verdad? —preguntó.

—Por supuesto que no. ¿Por qué haría algo así?

—Sólo quería asegurarme —dijo, y escuché la sonrisa en su voz.

Oí que empezaba a comer.

—Por todos los dioses —exclamó, masticando—, está delicioso. Gracias. Qué suerte que la corriente me trajera hasta aquí. Pero hay dos pescados. Ven a comer conmigo. De veras, no muerdo.

Quizás haya algo que sí muerda, pensé, dándole un golpecito de advertencia a Artemisa, una delgada serpiente amarilla con predilección por el pescado a la brasa. Artemisa se meneaba de un lado al otro, lo mismo que mi voluntad, debilitándose hasta casi desaparecer. No quería más que salir y mirar a Perseo, acogerlo aquí.

—Entonces, ¿cómo te llamas? —preguntó Perseo entre bocados. Yo seguía callada—. ¡Vamos! Yo ya te he dicho cómo me llamo. Mi madre siempre me recuerda que es de mala educación aceptar la hospitalidad de alguien sin conocer su nombre.

Sigilosa, salí de mi cueva y me acerqué un poco al arco para oírlo comer el pescado. *No te acerques más, no te acerques más*, me dije a mí misma.

—Me llamo Me... —me interrumpí. ¿Quién era yo? ¿Quién podía ser yo para este muchacho, para que no quisiera salir corriendo de ahí? Algo en la sangre me dijo que sería mejor no revelar mi nombre. Me inventé otro y me lo clavé como un doloroso broche—. Me llamo Merina.

—Merina. Es un nombre poco común.

No le diría mi nombre a Perseo, no estaba preparada. Y no dejaría que me viera. Sólo me sentaría al otro lado de este arco hecho de roca y fingiría que todos los días chicos como él eran traídos por la corriente a mi isla desierta.

CAPÍTULO CUATRO

—Oye, Merina —dijo Perseo. Reconozco que me estremecí de placer al escuchar mi nuevo nombre. Un nuevo nombre trae consigo posibilidades, una nueva oportunidad en la vida—. Cuéntame acerca del confín de la Noche. Quiero oír algo de eso. Yo también estoy lejos de casa…

—¿Por tu misión?

Perseo emitió un leve gruñido.

—Algo así.

No pensé que hubiera nada de malo en describirle la casa de mi infancia. Mis hermanas nunca hablaban de ella porque les preocupaba que pudiera entristecerme aún más de lo que ya estaba. Aunque no fueran sino palabras, regresar resultaba reconfortante.

—Donde yo crecí, había mucha agua —dije tratando de encontrar un comienzo, intentando recordar cómo era vivir en el confín de la Noche—. Una sola bocanada de aire y ya estabas respirando agua de mar. Un lugar de arroyos, ríos, mares: agua por todas partes. Olas y olas de agua yendo hacia el confín de la Noche.

Mientras recordaba el lugar donde nací, sentía que cobraba vida.

—¿Navegabas mucho? —preguntó Perseo.

—Continuamente. Lo extraño. Me encantaría volver en un bote algún día.

—Pues yo tengo un bote. Podríamos ir a navegar por las caletas.

—Eh… es complicado.

—¿Complicado? Pensé que eras una navegante.

—Lo soy —dije con una actitud más defensiva de lo que habría querido—. Pero, como te decía: el confín de la Noche. Casi nadie se aventura más allá de la orilla. Salen con sus redes y lanzas para pescar y de vez en cuando ven pasar un barco con las velas hinchadas por el viento saturado de especias. Pero yo no.

—Hablas como una poeta —dijo Perseo—. Una poeta navegante.

—Déjame hablarte del agua —repetí con el corazón henchido—. Lo perversa que era cuando quería. Cómo subía y bajaba, blanca e índigo en las cabezas de los delfines y en esas pequeñas sirenas que salían a nadar con Poseidón…

Me detuve. Se me había enfriado la piel, la voz se me ahogaba, el corazón se me encogía. Llevaba cuatro años sin pronunciar en voz alta el nombre de ese dios de las aguas y en mi primerísima

conversación con un extraño me tomó desprevenida. Sentí los ojos llenarse de lágrimas, la bilis en la garganta, el corazón latiendo rápido, las palmas humedecerse, un mareo sudoroso amenazando con hacerme caer de rodillas. Poseidón. Su corpulencia, su furia, su poder.

Cerré los ojos. *Vamos, Medusa*, dije para mis adentros, *eres fuerte, tú puedes con esto*. Mis serpientes se agruparon en torno a mí formando un halo de apoyo, pero no me sentí fuerte.

—¿Merina? ¿Estás bien? —preguntó Perseo.

Sentí el enfrentamiento de mis dos naturalezas, la nueva y la antigua, la que lleva una carga y la despreocupada, la horrorosa y la bella. ¿Cómo era posible ser todo esto a la vez? Atraje a Argentus a mi lado y respiré hondo.

—Sí, sí —mentí—, estoy bien.

Mientras mi corazón se tranquilizaba y seguía los ritmos ondulantes de las serpientes, experimenté una nueva sensación: un cosquilleante y centelleante hilo de luz que subía en espiral desde la base de mi estómago hasta mi garganta. ¿Cómo era posible que a Perseo… le importara?

—En el confín de la Noche, el sol era tímido —proseguí—. Aquí es como un castigo abrasador. En aquel entonces, estábamos en las tierras de la luna, de las estrellas; las tramas de nuestro destino salpicaban el cielo. Perseo, ¿alguna vez has visto un auténtico claro de luna?

—La verdad es que no lo sé.

—Entonces, no lo has visto. Tiene un resplandor distinto. Cuando la luna está llena no se necesitan faroles, ni fuego en las chimeneas. La arena de la orilla es un listón de pewter. En lo alto de los acantilados, las liebres viven como alhajas de plata, pues la hierba es tan suave que podría recubrir un joyero. El aire es frío. El cielo pasa de azul amoratado a un profundo negro para refugiarse. Y siempre la brisa, que calma el corazón atribulado. Un lugar secreto. Lo recuerdo.

Perseo se quedó callado unos momentos.

—Me encantaría verlo —dijo al fin—. ¿Y allí naciste tú?

—Sí, cerca de las liebres y los acantilados. Mi padre es un dios del mar y mi madre una diosa del mar. Regresaron al agua, pero mis dos hermanas mayores, que viven aquí conmigo, se quedaron en tierra firme. Ellas me cuidaron. Siempre.

—¿Entonces eres inmortal?

—No, no. No hay nada de inmortal en mí. Pero mis hermanas sí lo son.

31

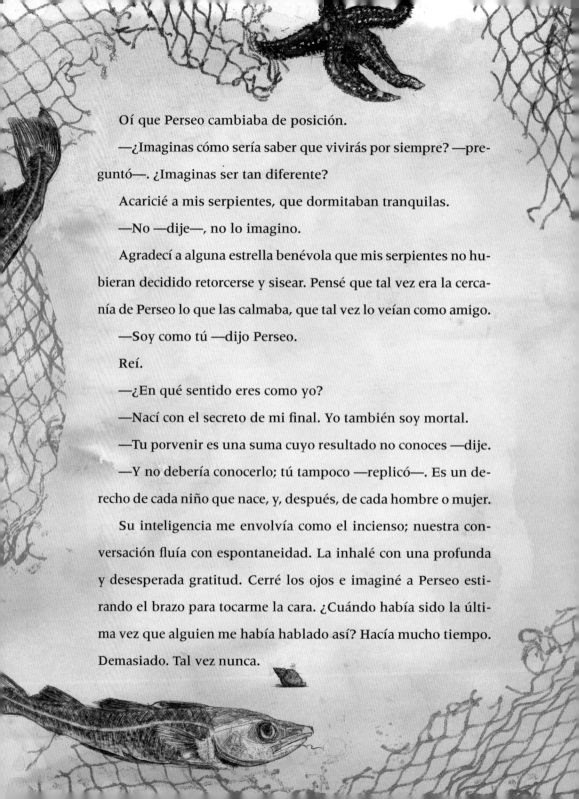

Oí que Perseo cambiaba de posición.

—¿Imaginas cómo sería saber que vivirás por siempre? —preguntó—. ¿Imaginas ser tan diferente?

Acaricié a mis serpientes, que dormitaban tranquilas.

—No —dije—, no lo imagino.

Agradecí a alguna estrella benévola que mis serpientes no hubieran decidido retorcerse y sisear. Pensé que tal vez era la cercanía de Perseo lo que las calmaba, que tal vez lo veían como amigo.

—Soy como tú —dijo Perseo.

Reí.

—¿En qué sentido eres como yo?

—Nací con el secreto de mi final. Yo también soy mortal.

—Tu porvenir es una suma cuyo resultado no conoces —dije.

—Y no debería conocerlo; tú tampoco —replicó—. Es un derecho de cada niño que nace, y, después, de cada hombre o mujer.

Su inteligencia me envolvía como el incienso; nuestra conversación fluía con espontaneidad. La inhalé con una profunda y desesperada gratitud. Cerré los ojos e imaginé a Perseo estirando el brazo para tocarme la cara. ¿Cuándo había sido la última vez que alguien me había hablado así? Hacía mucho tiempo. Demasiado. Tal vez nunca.

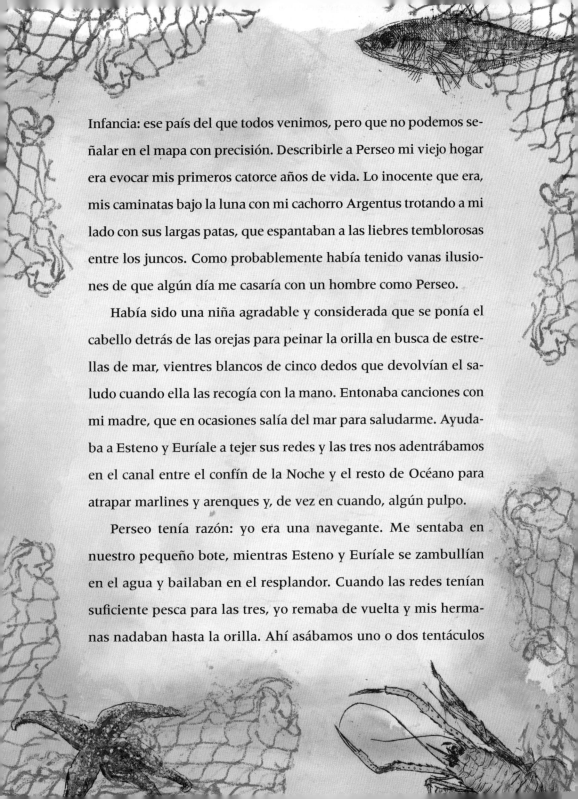

Infancia: ese país del que todos venimos, pero que no podemos señalar en el mapa con precisión. Describirle a Perseo mi viejo hogar era evocar mis primeros catorce años de vida. Lo inocente que era, mis caminatas bajo la luna con mi cachorro Argentus trotando a mi lado con sus largas patas, que espantaban a las liebres temblorosas entre los juncos. Como probablemente había tenido vanas ilusiones de que algún día me casaría con un hombre como Perseo.

Había sido una niña agradable y considerada que se ponía el cabello detrás de las orejas para peinar la orilla en busca de estrellas de mar, vientres blancos de cinco dedos que devolvían el saludo cuando ella las recogía con la mano. Entonaba canciones con mi madre, que en ocasiones salía del mar para saludarme. Ayudaba a Esteno y Euríale a tejer sus redes y las tres nos adentrábamos en el canal entre el confín de la Noche y el resto de Océano para atrapar marlines y arenques y, de vez en cuando, algún pulpo.

Perseo tenía razón: yo era una navegante. Me sentaba en nuestro pequeño bote, mientras Esteno y Euríale se zambullían en el agua y bailaban en el resplandor. Cuando las redes tenían suficiente pesca para las tres, yo remaba de vuelta y mis hermanas nadaban hasta la orilla. Ahí asábamos uno o dos tentáculos y los sazonábamos con el abundante tomillo que crecía en los acantilados.

Era una vida agradable. Era mi vida. No le exigía nada a nadie, salvo ocupar mi pequeño espacio allá, en el confín de la Noche. Un viaje de pesca, una noche de bromas alrededor del fuego, una canción de mi madre acuática, el cuerpo de Argentus para acurrucarme en él a la hora de dormir. Un sueño.

—Mi padre también es un dios —dijo Perseo, sacándome bruscamente de una vida que se había ido tiempo atrás. La imagen de mi bote feliz se desvaneció hasta desaparecer—. También tenemos eso en común.

—¿De verdad? ¿Y él sabe que estás aquí?

—No tenemos una relación cercana. Es mi padre, claro, pero fue mi madre quien me crio.

—¿Y ella sabe que estás aquí?

Silencio. Perseo carraspeó. ¿Era aflicción o enojo lo que percibía? Era ridículo que tuviéramos que estar sentados así, a ambos lados del arco hecho de roca, pero yo no tenía alternativa. Una sola mirada a mis serpientes y saldría huyendo a toda prisa.

—No sabe dónde estoy —dijo Perseo—. Tuve que dejarla. Es una larga historia.

Pensé en el rey que había mencionado Perseo, el que le arruinó la vida. Mi sexto sentido (¿o eran mis serpientes?) me decía que no insistiera.

—Entiendo —dije—. ¿Y vienes de muy lejos?

—Sí —respondió con voz tranquila—. No sé si podré regresar algún día.

Algo más que tenemos en común, pensé. Mantén la compostura, Medusa. Tal vez compartís alguna que otra experiencia, pero es mejor que Perseo no sepa por qué estás aquí. ¿Cómo se lo explicarías? ¿Por dónde empezarías?

Parecía tan desconsolado que tuve que pensar rápidamente cómo alegrarlo.

—Háblame de tu infancia —pedí.

Rio, y ese sonido debilitó mis huesos.

—Fue mucho más extraña que la tuya, sin duda.

—¿Quién lo dice?

—Lo digo yo. Mira, tal vez tengas unas hermanas inmortales, pero…

—Sigue, anda —dije un poco mareada—, demuéstralo.

—Pues, bueno. Mi padre es... Zeus.

—¡No!

—Sí.

—¿El mismísimo Zeus? ¿El rey de los dioses?

—Ese mismo.

—¡Vaya!

Al menos, eso explicaba el aura reluciente que parecía emanar de Perseo cuando estaba de pie en el bote. No hablemos de nacer con una cuchara de plata en la boca: ¡aquello era una pala de oro! Algo que no teníamos en común. Yo crecí en una feliz oscuridad bajo la luna, pero a Perseo lo había cubierto el rayo de luz más potente.

Reí por primera vez en cuatro años. ¡Ah, qué sensación tan maravillosa!: las burbujas en el estómago, la espumosa esperanza en la sangre. Podría haber llorado de felicidad. ¡Todavía podía reír! Desde ese momento he sentido pocas cosas tan dulces.

—¿No me crees? —preguntó Perseo.

—¡Sí te creo! —respondí.

—Mi madre se llama Dánae —prosiguió—. Le caerías bien.

—¿Cómo lo sabes? —pregunté, agradecida de que Perseo no pudiera ver mi sonrojo. Dafne, una serpiente especialmente bella, con manchas negras y doradas, me golpeó con su cabeza en la frente, como si me ordenara que aceptara el cumplido.

—Es sólo una corazonada —dijo Perseo—. Antes de que yo naciera, su padre la encerró en una torre.

—¿Por qué?

—Porque, según una profecía, un hijo nacido de su hija terminaría matándolo.

—¿Y era cierto?

—No soy ningún asesino, Merina —dijo con tono áspero.

—Claro que no, lo siento —me disculpé. Qué vergüenza, ¿cómo se me pudo ocurrir ofenderlo así?

—Está bien. En lo que a mí respecta, depende de uno mismo creer o no lo que otras personas predicen para su futuro. La gente siempre tendrá sus propios motivos. Pero mi viejo abuelo se creyó aquella profecía al pie de la letra y se obsesionó con ella. Una situación muy injusta. Mi madre no lo ha perdonado. Nunca había hecho nada malo, salvo existir.

—Salvo existir —repetí en un susurro.

Cerré los ojos. Argentus se enroscó en mis pies. Me sentía arrullada por la dulce voz de Perseo, por los rastros de mi risa, por las gaviotas llamándose a graznidos a la espera de las últimas sobras de nuestro pescado. Moría por saber por qué Perseo estaba en

TH
SEA

L   20°   M   40°   N   60°

ese bote. ¿Cuál era su misión? ¿Qué lo había traído o arrastrado hasta aquí?

—A mi abuelo siempre le aterraba la perspectiva de perder importancia, de que alguien más joven le arrebatara el poder —continuó Perseo—. Esa profecía lo hizo obedecer a su propio miedo: el de que un mocoso que aún no había nacido pudiera abatirlo como a un árbol viejo y usara sus huesos como leña. Su solución fue encerrar a mi madre en una torre broncínea, prohibirle casarse o tener hijos y jurar que nunca la liberaría.

—Supongo que ser viejo no te quita el gusto por el drama.

—¡Ja! Al contrario: parece que lo intensifica.

Imaginé a Dánae en su torre, con una diminuta ventana para dejar pasar la luz, inclinando la nariz para respirar el aire fresco del mundo externo y aguzando el oído atenta a ruidos cotidianos que ahora pudieran resultarle elegíacos: un par de perros callejeros hurgando en una pila de desechos de verduras en busca de un trozo de carne; el llanto incontenible de un niño; la risa de un grupo de amigos en una esquina. Podía saborear la soledad de Dánae porque sabía exactamente igual que la mía.

—Y luego —dijo Perseo, en tono un poco complaciente—, Zeus reparó en ella.

40

Tal como Poseidón reparó en mí. Me estremecí y alejé mi mente de aquellos pensamientos.

—Él brillaba por su ventana como un rayo de sol —afirmó Perseo—. Analizó su situación. Le dijo a mi madre que su vida en esa torre sería como estar en un paraíso, que la criatura que tuvieran juntos sería el niño más afortunado a este lado de la Noche. La criatura resulté ser yo.

—¿Y lo eres?

—¿A qué te refieres?

—El niño más afortunado a este lado de la Noche.

—Pues digamos que en las últimas horas me he sentido definitivamente más afortunado —dijo Perseo, con una sonrisa en la voz.

Eco, mi pequeña serpiente del color del coral, despertó y salió disparada como un dardo en dirección a Perseo. La atraje lentamente hacia mí.

—Entonces, ¿tu madre… aceptó la oferta de Zeus? —pregunté—. No todo el mundo lo hace.

—Estaba cansada de los hombres y sus promesas, y lo pensó durante mucho tiempo —respondió Perseo—, pero sí, la aceptó.

Imaginé a Dánae mirando el estrecho espacio de su torre.

—Por lo menos, Zeus preguntó —observé—. Eso es poco común.

—Bueno… ya sabes —dijo Perseo un poco vacilante frente a mi débil entusiasmo—, cualquier cosa era mejor que terminar sus días en una torre.

Me quedé callada.

—Yo no estaba allí, Merina —añadió con voz irritable—. No me pasó a mí.

—Nunca te pasaría a ti —dije.

—¿Qué significa eso?

—Nada.

—Mi madre quería recuperar su vida —prosiguió, hablando un poco más alto—. Quería reavivar su imaginación. Le habían arrebatado todas sus opciones.

—¿Así que, como tantas mujeres antes y después de ella, la arrinconaron a la fuerza e hizo el trato eterno?

Se hizo silencio al otro lado de la roca.

—¿Qué trato eterno?

—No tiene importancia —nunca podría explicarle a este radiante chico lo que significa que la mala suerte se amontone a tus pies una y otra vez hasta sentir que te hundes en tu propia pena.

—Crees que ha sido fácil para mí, ¿verdad? —dijo de pronto.

—Perseo… —estaba desesperada por tranquilizarlo.

—Yo estuve escondido, Merina. Todo el mundo, salvo mi madre, negaba mi existencia.

—Sé cómo te sientes, te lo aseguro.

—Y luego se produjo una catástrofe, como suele ocurrir. Mi abuelo supo de mí porque mi madre mandaba pedir a la cocina porciones extra de pastel de dátiles y la cocinera se hartó de las constantes exigencias. Mi abuelo investigó y descubrió a un bebé en la torre. Era yo.

—¿Y qué pasó?

—No nos mató por temor a provocar la furia de Zeus. Lo que hizo fue meternos en un arcón de madera y arrojarnos al mar.

—Entonces, los dos fuimos bebés que entendían el agua —dije—. Algo más que tenemos en común.

Me aferraba a estas cosas en común, temiendo que muy pronto mis serpientes lo arrancaran de mí.

—Es cierto —contestó Perseo—, pero quedamos atrapados en una tempestad. El mar estaba embravecido, Merina. Yo miraba por encima del arcón y mi pobre madre trataba de aferrarse a mí, preguntándose cómo sobreviviríamos.

—Sin duda, agregando a Zeus a su lista de hombres que maldecir.

—¡Exacto! —rio Perseo.

Era mejor cuando contábamos juntos la historia. Nuevamente pisábamos terreno firme. Nunca jamás había conocido semejante sinfonía.

—¿Y cómo sobrevivisteis? —pregunté.

—Tuvimos suerte. Poseidón nos salvó.

Un tirón en mis serpientes, un deseo de gritar y, sin más, mi sensación de seguridad se hizo añicos. La música que habíamos estado componiendo se esfumó frente a la única cosa en común que yo no deseaba. Oír el nombre de ese dios en boca de Perseo hizo que el estómago me ardiera. Mis serpientes se irguieron y comenzaron a sisear con los colmillos al descubierto, retorciéndose furiosas. Me alejé del arco de entrada para que no las oyera.

—¿Qué ocurre? —preguntó Perseo—. Merina, ¿estás bien? ¿Puedo pasar?

Lo oí ponerse de pie.

—¡No! ¡No!

—Por favor, Merina, déjame entrar.

—No pasa nada.

Agarré a todas mis serpientes con una mano y les retorcí las cabezas para callarlas. Entendía su furia: era la misma que yo sentía.

—¡Es mi caldero! —grité—. El agua empezó a hervir y salpicó un poco en las rocas.

—Está bien —el siseo se había detenido, pero Perseo no sonaba convencido—. Aunque si necesitas ayuda…

—Perseo, por favor —dije, dejando que las serpientes se relajaran y secándome las lágrimas, mientras el nombre de Poseidón se deslizaba por mi mente como en una espiral—, por el bien de los dos, quédate donde estás.

Obedeció por el momento, pero su desconcierto se percibía en el aire. Me moría de ganas de decirle la verdad, de mostrarle esas serpientes, de contarle mi historia, pero no sabía cómo. Nos quedamos sentados en silencio a ambos lados de la roca. Era un silencio más incómodo y punzante, incluso más doloroso que cuando mis serpientes se encolerizaban.

Cerré los ojos. ¿Poseidón, alguien a quien yo odiaba tanto, hizo algo bondadoso por otra alma? Qué agonía. De todos los dioses que podían haber ayudado a Dánae, ¿por qué tenía que ser él? Una madre y su hijo, próximos a morir en una tempestad, balanceándose en un arcón de madera. Entonces, Poseidón, pródigo dios de los mares, la rescata. Qué amable.

Pero el asunto es que sin Poseidón, Perseo no estaría en mi isla. Esa verdad era ineludible. La paradoja resultaba casi insoportable. Imaginé un muro de agua conocido, mi propio bote, el rostro lascivo de Poseidón alzándose imponente, su sombra sobre el templo de Atenea. Lo que pasó después...

Sacudí la cabeza. No, no, no dejaría que esos recuerdos ganaran. Pero cuanto más tiempo pasaba este chico en mi compañía, más venían a mi memoria esos momentos rotos. Aunque él estaba al otro lado de la roca, sentía su presencia sacando la historia de mi interior, en un hilo del color de la sangre.

—Es inexplicable —dije—. Los dioses son buenos con unos y malos con otros.

Perseo suspiró. Me removí y seguí alisando las escamas a mis serpientes. Estaba bien, todo estaba bien.

—¿Y luego, qué sucedió después de que Pos... cuando el mar se hubo calmado? —le pregunté.

—Nos encontró un pescador —respondió—. Sacó el arcón de madera del agua. ¡Tierra firme! Mi madre dice que me estrechó contra su pecho y besó el suelo como si fuera un amante perdido mucho tiempo atrás. Habíamos llegado a un lugar llamado Serifos.

—¿Serifos?

—Una ciudad con mercados, palacios, algunos campos a las afueras y luego, el mar.

—¿Qué clase de palacios?

—Ya sabes: palacios.

No lo sabía. Por supuesto que no lo sabía, vivía en una cueva.

—No he visto muchos palacios que digamos —le dije.

—Bueno, pues era mejor que ir en un arcón de madera a la deriva, eso es seguro.

Perseo no parecía tener muchas ganas de hablar del capítulo de su vida en Serifos, pero yo estaba decidida a sonsacárselo. En ese momento, oí el batir de las alas de mis hermanas.

—¿Y ese ruido? —preguntó Perseo.

—Escúchame. Se avecina una tormenta. Tienes que irte a tu cueva.

—Pero…

—Perseo, ¿confías en mí?

—Sí —dijo casi sorprendido.

Me congratulé; mis serpientes ondulaban al ritmo de mi felicidad.

—Entonces, ve. Lleva a Orado contigo.

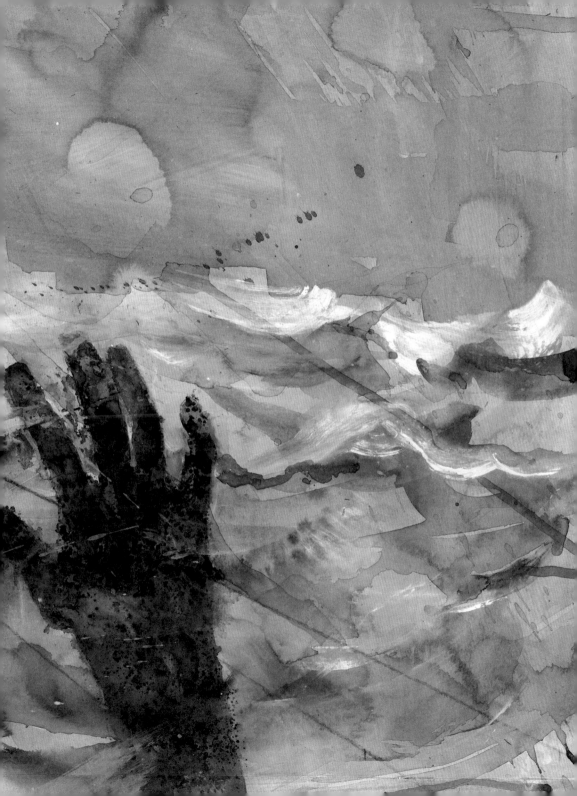

Perseo se escondió justo a tiempo. Minutos después, Esteno y Euríale aparecieron en el horizonte, al otro lado del mar en penumbra, con sus espléndidas alas a contraluz.

—Hola, amor —dijo Esteno, aterrizando hábilmente y doblando sus alas entre los omóplatos—. Te traigo un pulpo.

Desenredó sus ocho tentáculos antes de ponerlo en un rincón frío de la cueva. Cuando no respondí, me miró preocupada.

—¿Qué sucede?

—No sucede nada, estoy bien.

Euríale se me acercó con las manos sobre las caderas. Miró mis serpientes. Eco, en especial, parecía estar en la gloria.

—Te noto diferente, Med —dijo mi hermana—. Cambiada.

Puse los ojos en blanco.

—¿No crees que ya he cambiado lo suficiente?

—Una gorgona se da cuenta de las cosas —dijo Euríale.

—¡No uses esa palabra! —le advirtió Esteno con una mirada severa.

—No es una mala palabra —respondió Euríale—. ¿Qué pasó hoy? —persistió.

—Con vosotras no se puede —dije—. ¡Estoy bien!

Mis hermanas tenían razón, claro. Estaba cambiada, sólo que esta vez, menos mal, era un cambio invisible.

Pensé en Perseo, allá en la cueva. ¡Hablar con él había sido tan fácil! Él era mi secreto. Nunca había tenido ningún secreto, mucho menos con mis hermanas, que habían hecho todo lo que estaba en sus manos para protegerme después de que la vida se torció.

De hecho, no me hacía gracia ocultarles nada. El solo hecho era como una grieta en la tierra entre nosotras. Pequeñísima, pero una fisura a fin de cuentas: Esteno y Euríale a un lado, yo sola al otro.

Imaginé la espada de Perseo, tirada en la cubierta del bote escondido en las sombras de la ensenada. Un hijo de Zeus. ¿Seguiría siendo tan cálido cuando el sol se hubiera ido? Aún había mucho por descubrir y tal vez yo nunca sabría nada de eso. Esas pocas horas con él, aunque estuviéramos sentados en lados opuestos de una roca gigantesca, habían sido como abrir un libro lleno de palabras poderosas: palabras que nunca pensé que llegaría a escuchar pero que habían sido escritas sólo para mí.

Sabía que no era un libro que estuviera dispuesta a cerrar.

Esa noche, mientras mis hermanas y yo cenábamos el pulpo sentadas alrededor del fuego, logré dar la impresión de estar

XTAPODI

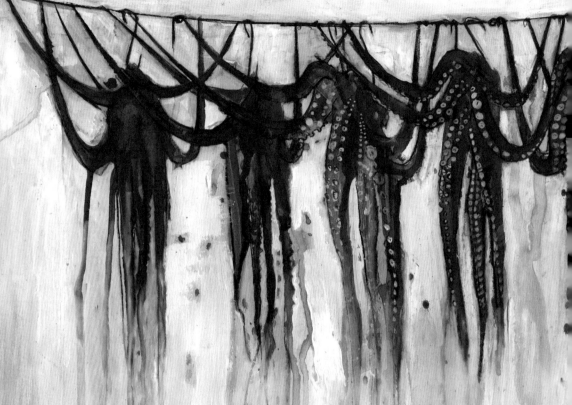

serena. Argentus de repente gimoteaba y alguna que otra vez levantó la cabeza en dirección al escondite de Perseo.

—¿Qué le pasa a ese perro? —preguntó Esteno.

—La vejez —dije—. Cree ver fantasmas.

El amor había sido un fantasma durante mucho tiempo. Hasta ese día, podría haber caminado a través de él sin siquiera darme cuenta de que estaba ahí. Mientras mis hermanas dormían

junto a la fogata mortecina, cerré los ojos y dejé que las brasas bailaran detrás de mis párpados. Pensé en lo que significaría que un chico te admirara no por tu apariencia sino por quien eres, por tus pensamientos y tus actos, por tus temores y tus sueños. ¿Semejante milagro sería mi legado?

Saber que alguien me valoraba, adoraba y celebraba; que se me permitiera o incluso se me alentara a brillar, sentirme perfecta en el espejo majestuoso de la mirada de otra persona. ¿Podría ser la mía una vida así? Quizá Perseo me lo diría.

Por favor, imploré a los dioses, y a una diosa en particular. *Ya me han castigado lo suficiente. Atenea, por favor, déjame conservar este rayo de luna.*

Esperé, pero Atenea no respondió.

CAPÍTULO CINCO

Esa noche, soñé con Atenea, la diosa que lo había cambiado todo.

Aun en sueños, y a pesar de que habían pasado cuatro años, mi cuerpo todavía recordaba el dolor que ella me había infligido. Me atravesaba desde las plantas de los pies y subía por las pantorrillas y las nalgas hasta la columna vertebral. Un ciclón en los pulmones y las entrañas. Hielo y fuego: eso era Atenea. Me atenazaba el corazón, me disparaba por la garganta, bajaba por los brazos, congelaba mis dedos mortales.

Tal vez intenté despertar, pero estaba atrapada en la pesadilla. Oía gritar a mis hermanas, esa incómoda sensación de una energía que surge a través de mi sangre, una ola furiosa tras otra como el metal fundido. De niña nunca sentí eso, como si mis pies pudieran patear más fuerte que los de un dios, como si mi boca pudiera dejar salir verdades tan cegadoras que nadie que me escuchara volvería a ser el mismo.

Y, sin embargo, yo era monstruosa. ¿Era yo monstruosa? ¿Qué era lo monstruoso? Lo que me hizo Atenea, ¿había sido un castigo o un premio?

No podría asegurarlo. Los dioses están locos o algo peor.

De repente, y mientras yo seguía dormida, mi cabeza… Ay, mi cabeza: un frío intenso, como si Atenea me hubiera sumergido en las aguas más profundas del océano. No supe cuánto duró: ¿segundos, minutos, días? Mis ojos, duros como diamantes, todo era cristalino, pero yo seguía parpadeando con la esperanza de ver como había visto antes. Era inútil: no podría, nunca podría volver a ser como era. Atenea se aseguró de eso.

El siseo percibido por primera vez fue como aguas vertidas en piedras calientes. Una pesadez en el cuero cabelludo caía por detrás de mis orejas: frío, sólido, enrollándose en mis hombros, una y otra vez. Mi cabeza que pesaba dos veces más. Miré a la derecha: la testa de una serpiente me contemplaba como si estuviera esperando una orden mía, su cuerpo se retorcía desde mi cuero cabelludo.

Mi cuero cabelludo.

Junto a ella, otra serpiente, y aún más y más, más y más, y descubrí que mi cabellera había desaparecido y que en su lugar había una corona de serpientes vigorosas, fuertes, de todos los colores del arcoíris.

El dolor, tan rápido como me había transfigurado, se escabulló. Mis hermanas observaban en silencio y yo llevé su mirada de horror a las alas que ahora les brotaban de la espalda.

Por primera vez en mi vida, sentí que realmente podía ver. Esteno habló al fin, con voz mustia.

—¿Qué nos has hecho? —preguntó a la diosa.

—¿Sois tres muchachas o tres gorgonas? —replicó Atenea.

—¿Gorgonas? ¿Nos has convertido en gorgonas? —exclamó Euríale.

—Medusa, óyeme bien —prosiguió la diosa—. ¡Ay del hombre que sea lo suficientemente tonto como para mirarte ahora!

—¿Qué quieres decir con eso? —susurré a duras penas, pero a Atenea no le pareció necesario darme una respuesta.

Desperté con el agonizante sonido de su risa. Me dije que había sido sólo un sueño y me llevé las manos a la cabeza.

Ay, no era un sueño; todo era verdad.

—¿Esteno? ¿Euri? —grité. Mientras mis serpientes despertaban, me acosté de espaldas; dejé que se desenroscaran y me pregunté

Desperté con el agonizante sonido de su risa...

a qué se habría referido Atenea cuando dijo «ay del hombre que sea lo suficientemente tonto como para mirarte ahora». Desde las serpientes, ningún hombre lo había hecho. Nunca había puesto a prueba su advertencia, pero creía en ella. Creía que algo terrible le pasaría a cualquiera que pudiera poner sus ojos en mí. Si no, ¿por qué lo habría dicho?

Después de que Atenea nos convirtiera en gorgonas, mis hermanas y yo no nos llevamos nada de nuestra aldea, salvo a Argentus, arropado en el brazo de Euríale. Sus nuevas alas, cortesía de Atenea, rozaban el viento; recuerdo mi mano en las de Esteno cuando me elevó sobre tierra y agua.

Me di cuenta de que a Esteno le gustaban sus alas. Se veía elegante con ellas. Mi realidad, sin embargo, era un nido de serpientes retorciéndose alborotadas sobre mi cuero cabelludo. Esteno era demasiado amable como para darse el gusto ante mi desesperación, pero Euríale no tenía esos escrúpulos y volaba formando espirales en el cielo oscuro hasta el amanecer.

Me incorporé, desterrando esos recuerdos difíciles. La cueva estaba vacía, salvo por la figura dormida de Argentus. Mis hermanas ya se habían ido a pasar el día sobre los mares. ¿Qué más hacían cuando no buscaban comida? Nunca pregunté. Quizás a veces se zambullían en las profundidades para retozar con los delfines, pero ¿el resto de las horas? Una parte de mí sospechaba que era mejor no saberlo. Cosas de gorgona. La creación de un mito. Les encantaba, pero yo lo habría cambiado todo por una cabeza con cabellera normal.

Perseo se había levantado temprano y me llamaba desde el otro lado de la roca de entrada:

—Merina, Merina, ¿estás ahí?

—¡Ya voy! —grité.

Me pregunté si habría visto a mis hermanas emprender el vuelo para ir en busca de alimento. Como hijo de Zeus, tal vez ni se inmutaría ante el hecho de que pudieran volar, pero no podía estar segura.

Perseo tocaba un instrumento que sonaba como una flauta. Era muy melodioso. ¿Dónde lo habría aprendido? Se detuvo. Quizá la dejó en el suelo para descansar unos momentos bajo el sol. Desde donde yo estaba, sólo se veía una de sus manos. Una mano bronceada por el sol, posada sobre la grava. Su preciosa cabellera se veía dorada cuando le daba la luz. En unos segundos, podría haberla sujetado, besado, sentido la tibieza de su carne, esos huesos y nudillos, más preciosos que un botín de perlas.

Estuve a punto de hacerlo, pero entonces recordé.

—Buenos días —dije. Argentus vino trotando a mi lado, adoptando el papel de perro guardián. Cuando escuché que Perseo se levantaba de un brinco, retrocedí a las sombras.

—¿Puedo entrar? —preguntó. No mencionó a mis hermanas voladoras.

—Hoy no.

¿Cuánto tiempo podría seguir manteniéndolo a raya? Desde que llegó no había podido dejar de pensar en el momento en que Atenea transformó mis cabellos en serpientes. La verdad es que antes de que él llegara casi había dejado de considerarlas algo extraño, pero ahora que él estaba aquí, otra vez era consciente de mi apariencia exterior. Me sentí desplazada de mí misma, como si mi corazón y mi alma hubieran sido descolocados.

Me daba cuenta de que a mis serpientes no les gustaba que estuviera de ese humor. Algunas estaban nerviosas y sobresaltadas; otras, algo catatónicas. En un movimiento distraído, comencé a pasar la mano por el nudo que habían formado de tanto dar vueltas entre pesadillas y malos pensamientos. Artemisa y Eco habían quedado enroscadas como amantes perdidos en el sueño.

—No entiendo por qué no puedo verte —dijo Perseo—. Esto es muy raro.

—Yo tampoco —le respondí, desenroscando los cuerpos de mis serpientes. ¿Cuántas respuestas gnómicas podría darle antes de verme obligada a confesar?

Hubo una pausa, tan larga que se percibía en ella la decepción de Perseo.

—¿No dormiste bien? Suenas cansada, Merina.

Antes de Perseo, no había conocido a nadie que pareciera entenderme sin necesidad de verme.

—Estoy bien. Sólo pasé una mala noche —respondí.

—Yo tampoco dormí bien. Creo que esta isla está encantada.

—¿Encantada? ¿Por quién?

—No lo sé. ¿Una bruja quizá?

Ambos reímos. Hablar de brujas con tanta luz, vaya broma. Sí, quería contárselo. Esta isla está encantada, pero por algo mucho más poderoso que una bruja: mi historia, mi exilio, la razón por la que estoy aquí. Era yo quien resonaba en estas rocas y caminos, en los techos de estas cuevas. Eran mis recuerdos los que servían como señales para atraer a Perseo hacia mí, pero ¿qué pasaría cuando llegara a su destino final?

—¿Y si bajamos al mar y vemos las pozas en las rocas? —propuso.

—Sería maravilloso, pero...

—¿Y si vamos a nadar? El día está precioso.

Un chapuzón, una poza, el sol en el cielo: los ingredientes más simples para un día feliz y, sin embargo, totalmente imposible. Maldije a Atenea por milésima vez. Maldije a Poseidón, maldije a mis viejos vecinos del confín de la Noche, que me habían amargado tanto la vida que no me había quedado más opción que irme de ahí. ¿Pasaría el resto de mi vida escondida en una cueva?

—No puedo ir —respondí. El consabido dolor aumentó en mi interior, las serpientes se dejaron caer sobre mis hombros como cuerdas desamparadas. Acaricié la cabeza de la pequeña Eco para consolarla. Calisto, una serpiente más grande, de color magenta oscuro y majestuosa cuando se lo proponía, se retorcía irritada por mi tristeza.

—No es culpa mía —le dije en voz queda—. Culpa a Poseidón, culpa a Atenea, pero no a mí.

Calisto siseó, como diciendo: *Ya eres lo bastante grande y fea como para hacer caso omiso de los caprichos de una diosa.*

—Puede ser —siseé en respuesta—, pero en el interior sigo siendo yo.

—¿Por qué no puedes venir? —preguntó Perseo.

—Estoy ocupada.

—¿Estás ocupada?

—Cocinando, limpiando, cosas así.

—¿Tus hermanas no pueden hacerlo hoy por ti?

—Ellas salen en busca de comida, yo me quedo aquí.

—Pero ¿por qué? No puedes quedarte todo el día en esa cueva.

—No sé cómo explicártelo, Perseo. Nunca he tenido que hacerlo…

—A ver, inténtalo. Tus hermanas te intimidan, ¿verdad?

—No, mis hermanas me aman —respondí irritada—. Siempre me han amado, incluso cuando me… cuando Atenea…

—¿Atenea? ¿Y qué tiene que ver ella con esto?

Dioses, había pronunciado el nombre de Atenea. Cuanto más hablaba con Perseo, más le revelaba. Y quería que lo supiera, sí. Quería decirle a alguien que no fueran mis hermanas cómo me sentía al ser yo: haber sido odiada, incomprendida… que ni siquiera yo misma me entendiera. En toda mi vida, nunca nadie se había detenido a escuchar, a hacerme una simple pregunta. Sólo se me quedaban mirando y pensaban que ya tenían su respuesta.

—¿Merina?

—Como te dije ayer, Perseo, es complicado.

—Pues no me voy a ir a ningún lado hasta que salgas de esa cueva.

—Pensaba que tenías una misión.

—Sí, pero quiero saber de ti.

—Tal vez no te guste lo que oigas.

—Nadie es perfecto.

No estás bromeando, pensé mirando a Calisto y Dafne mientras jugaban a pelearse. Consideré mis opciones. ¿Qué podía decirle a Perseo y qué podía mantener en secreto? Había pequeñas partes de verdad que podía compartir con él: una ofrenda con la esperanza de que me comprendiera. Y en realidad, ¿qué tenía que perder? Me gustaba hablar con él y a él le gustaba hablar conmigo. Él era joven y yo también; él era adorable, y alguna vez yo también lo había sido. Quizá, si pasaba tiempo con él, podría volver a sentirme adorable.

Mis serpientes, percibiendo esta vacilación mental, empezaron a contonearse, como si también ellas estuvieran pensando cuál sería el mejor camino para llegar a este chico radiante, para que yo le gustara y él me entendiera y me aceptara tal y como yo era.

—Merina, a ver qué te parece esto: si yo te digo por qué estoy aquí, ¿tú harás lo mismo?

Lo más difícil del mundo es explicarse uno mismo, contar claramente tu historia. Somos criaturas tan complicadas, tengamos serpientes por cabellera o no. Quiénes somos y por qué somos así. No creo que haya ningún alma a este lado del monte Olimpo que pueda explicar sin esfuerzo las vicisitudes de su vida, por qué prefieren un pastel de higo y no de miel, por qué se enamoraron de aquel hombre y no de su amigo, por qué lloran por las noches o derraman lágrimas al contemplar la belleza o sollozan sin razón. Aun así, no podemos hacer nada más.

—Te lo diré —me escuché contestar—, te lo prometo.

Perseo y yo estábamos exigiendo demasiado uno del otro: una aceptación mutua. Ofrecer y recibir una deuda de esta magnitud es algo más grande que el mayor de los besos. Estábamos caminando de puntillas sobre el filo de lo que algunos llamarían amor, mirando su precipicio, preguntándonos cómo sería caer en él.

¿Alguna vez has probado el dulzor del peligro? Es uno de los mejores y peores manjares, todo a la vez. De los mejores porque nada (repito, nada) en la vida tiene un sabor tan embriagador y particular y engañosamente correcto, especial para ti. De los peores porque cualquier cosa que pruebes después de eso te parecerá insípida.

—Perseo —cuando empecé a pronunciar estas palabras, se me cerró la garganta; necesitaba hacerle entender, pero casi no podía respirar—: quiero que me veas.

—Qué bien.

—Pero no puedes… porque Atenea… porque estoy… desfigurada.

Al oír esta palabra, Dafne se sintió agraviada y se irguió. No le faltaba razón: era justo decir que Dafne, en su serpentina belleza, era todo lo contrario a la desfiguración.

—Lo siento —le susurré. Entonces se enrolló, volviéndose una bolita indignada, y Eco y Artemisa se retorcían de alegría.

Y así, con esa palabra y esa advertencia, dio inicio nuestro intercambio de verdades.

CAPÍTULO SEIS

—¿Desfigurada? —preguntó Perseo. En su voz no había preocupación, cosa que agradecí más de lo que hubiera imaginado—. ¿Cómo?

—¿Preguntas en qué consiste mi desfiguración o cómo me desfiguré?

—Las dos cosas. Quiero saberlo todo.

—Muy bien. ¿Alguna vez has sentido que cada paso que das es el correcto? ¿O que cada palabra que dices es una nota de una larga canción que cantarás melodiosamente el resto de tu vida?

Él rio.

—La verdad es que no, pero suena bonito.

—Cuando era niña, mis hermanas nunca me pidieron ser nada que yo no fuera. Yo misma. Eso es un gran regalo, Perseo, un regalo muy poco común. Si pudiera embotellar esa confianza, esa sensación de pertenencia, y dársela a cada niño que conociera, lo haría. Pero al final, me la arrebataron.

—Lamento oír eso.

—Pasa a menudo. Un día estás pescando en el mar con gozo y despreocupación, y al siguiente algo te observa desde atrás; algo enorme, algo que partirá tu vida en dos.

—¿A qué te refieres? —preguntó Perseo—. ¿Qué partió tu vida en dos?

Desde mi lado de la roca, mi mente daba vueltas, buscando desesperadamente la mejor manera de contar mi historia.

—No digo que fuera bella… ni que no lo fuera.

—¿Bella? —repitió Perseo, y percibí esperanza en su voz.

—Ya no caigo en ese juego.

—Ni yo espero que caigas…

—Sé lo que valgo. No me toca a mí contar esas monedas.

—¿Merina?

Me estaba poniendo de mal humor y traté de controlarlo.

—Lo que te diré es esto: cuando era joven, las únicas veces que alcancé a ver mi reflejo fue en la costa o algún día de luna muy luminosa. Veía mi cara, distorsionada por las ondas dejadas por algún pez al pasar o un engaño de la brisa, y no le daba ninguna importancia. No era más que mi rostro, Perseo. Un par de ojos, una nariz, una boca, mejillas, una frente… todo eso enmarcado por una larga cabellera ondulada. Así era yo.

—Eras hermosa.

Suspiré.

—Eso pensaban algunas personas; otras no. Un buen día, cuando tenía alrededor de ocho años, Alecto, una mujer de nuestra aldea, le dijo a mi hermana Esteno delante de mí: «Esta niña es una belleza. Será una rompecorazones». Su esposo estuvo de acuerdo. Pero otra mujer al pasar se volvió a mirar. «Ay, no. No tiene nada de especial», dijo. «Pero ¡¿qué dices?! ¡Es cautivadora! Mira ese precioso cabello largo.» Y así empezó todo.

—¿Qué empezó?

—El debate sobre si yo era hermosa o no. Terminaron teniendo una gran discusión sobre mi apariencia, como si fuera lo único de mí que importara. Recuerdo que me toqué la mejilla y me estremecí de lo caliente que estaba, como si fuera una piedra ardiendo. Estaba muy preocupada por lo que había hecho, por haber causado tantos problemas. Pero Esteno dijo que yo no había hecho nada; simplemente tenía una cara. Yo sentía que debía disculparme por algo, pero no sabía por qué. Con el paso del tiempo, sentí como si otras personas intentaran entrar en mi cuerpo y poner las manos sobre él, examinándolo como yo nunca lo había hecho. Se me quedaban mirando, me analizaban minuciosamente, como si yo fuera una escultura ambulante que quisieran convertir en piedra.

—¿Por qué hacían eso?

—Para hacerme encajar en su propia imagen del mundo; para mantenerme bajo control. Yo quería subir corriendo a los acantilados y esconderme en la maleza, pero sus opiniones se habían alojado en mis oídos. Y a partir de entonces, al pasar de niña a una joven mujer, me convertí en dos personas. Era la que miraba desde fuera de mí y también era la otra, el yo más profundo, mudo en mi interior. Era imposible mantenerlos juntos como una sola persona. Yo era bella, Perseo, pero ¿era bella? ¿Qué es la belleza? ¿Había nacido para romper los corazones de los chicos? Yo no quería romper nada.

—¿Y los rompías? ¿Los corazones de los chicos? —preguntó Perseo con algo parecido a los celos en su voz.

—No —dije un poco impaciente, pues el tema de mi conversación no eran los corazones de los chicos, sino mi propio corazón—. Pero dejé de ir a la aldea. Eludía a Alecto, a todos. Dejé de caminar por la orilla en busca de estrellas de mar, por si al observar el mar veía lo que había cambiado en mí: que en realidad la mitad de la aldea tenía razón y yo no era bella. Me vigilaba como un halcón y me sentía como un ratón.

»Mis hermanas no sabían qué hacer. Decirme que por supuesto era hermosa sólo me hacía depender más de las opiniones de los aldeanos. Eso que me decían mis hermanas me concedía consuelo por un breve periodo, pero también me hacía sentir tonta por necesitarlo. Pero luego, si me decían que no importaba si yo era bella o no, sospechaba que en realidad era horrible. Me entregué a la voluntad de otras personas. Sentía que debía ser bella a sus ojos, pues de otro modo dejaría de ser yo. Debía mantener este todo hermoso para que las estrellas se quedaran en su lugar.

—Hermosa o desfigurada, Merina, no debería importar lo que otros piensen.

—Es fácil decirlo. Debería haber pulverizado las opiniones de los aldeanos con mi talón. Pero ¿tú nunca te has preocupado por tu apariencia? Mejor no contestes. Por supuesto que no, eres hijo de Zeus. Es obvio que eres apuesto.

—Hablas como uno de esos aldeanos —dijo Perseo. Eso me escoció.

—Pues creo que es más fácil que te digan que eres un chico apuesto a que te digan que eres una chica hermosa. Cuando te asignan la belleza siendo niña, de algún modo se convierte en la esencia de tu ser. Absorbe todo en lo que puedes convertirte. Si eres un chico, eso nunca domina quién puedes ser.

—Pero si no estabas de acuerdo con sus miradas escudriñadoras, ¿por qué no las pasabas por alto sin más?

—¡Yo no tendría que haber hecho nada! Incluso pasarlas por alto era un esfuerzo, cuando podría haber estado haciendo algo más útil —suspiré—. Perseo, cuando eres mujer, la gente piensa que tu belleza es de su propiedad. Como si estuviera ahí para su placer, como si hubieran invertido algo en ella. Creen que les debes algo por su admiración. Mira a tu madre y cómo Zeus se comportó con ella, cómo atravesó su ventana. El esfuerzo de mantener tu apariencia externa para tener contenta a la gente y el miedo de no lograrlo… es agotador. En cambio, tú puedes hacer lo que quieras. Te subiste en tu bote, saliste a dar un paseíto, y nadie te detuvo. Podrías quitarte esa cara y dársela a los delfines, si quisieras. Yo no. A mí no me lo permitían.

—¿Qué te hace pensar que yo puedo hacer lo que quiera? —el tono de su voz era duro y cortante—. ¿Qué te hace pensar que yo quería subirme al bote?

—Es que…

—Lamento cómo te trataron tus vecinos, Merina, de verdad lo siento. La gente es tonta. Pero no eres la única persona que creció sin sentirse fiel a quien es por dentro, rodeada de gente que decide su destino por ella.

—No tienes la menor idea —dije bruscamente.

Nos quedamos sentados con un silencio glacial entre nosotros, pero mezclada con mi cólera había una especie de euforia. Por fin, estaba contando mi historia. Estábamos revelándonos el uno al otro, a pesar de que ni siquiera estábamos sentados frente a frente. Unos finos hilos de posibilidad nos unían; se robustecían, apretaban sus nudos, nos acercaban a lo que yo deseaba que se convirtiera en un abrazo... un abrazo de dos mentes, al menos, si no podía ser de dos cuerpos.

—Está bien —dije con tacto—. Cuéntame, ¿qué te pasó a ti?

—¿De verdad quieres saberlo?

Se notaba que seguía molesto.

—Sí, de verdad.

—Bueno, pues sé lo que es que la gente decida por ti, tenlo por seguro —dijo Perseo; lo oí respirar hondo y prosiguió—: Desde que tengo memoria, he vivido en Serifos, en la corte del rey Polidectes —pronunció el nombre de este hombre como si fuera una enfermedad especialmente virulenta—. Incluso tu isla la siento más como mi hogar. Aquí me siento más libre de lo que me había sentido desde hace años.

—¿Por qué?

—Puedes tener todas las riquezas del mundo y de cualquier manera sentirte encarcelado. El hombre que nos salvó después de la tormenta nos llevó a la corte de Polidectes y ahí es donde crecí. Mantenía la cabeza agachada, compraba comida en los mercados y jugaba con Orado. Serifos era un lugar seguro para un niño. Mi madre y yo no teníamos dinero, pero ella me quería muchísimo y la gente siempre era generosa. Y sí, siempre me decían lo guapo que era. Pobre de mí.

—Eres guapo —dije—. Al menos imagino que lo eres —sentí cómo me sonrojaba y agradecí que una roca nos separara.

Hubo un silencio y luego habló de nuevo.

—¿Merina?

—Dime.

—Creo que te preocupa que yo pueda ver esa… desfiguración que tienes.

—Nadie me ha visto en mucho tiempo.

—Esperaré.

—¿Y si nunca estoy lista?

Perseo suspiró.

—Siento como si pudiera verte —dijo.

—¿Y qué más ves?

—Veo un cabello oscuro.

Dafne siseó indignada y le cerré la mandíbula.

—Es cierto que alguna vez fue oscuro —dije.

—¿Alguna vez?

—Ahora es de otro color. De varios colores, de hecho.

—Suena encantador.

—«Encantador» no es la palabra que yo usaría —dije, aún forcejeando con Dafne.

—No seas tan dura contigo misma. Estoy seguro de que eres bastante… alta.

—Eso sí.

—Y… ¿tus ojos son verdes?

—No. De color café.

—Y sé que tienes una boca preciosa.

A esto no dije nada. Sentí en la piel un cosquilleo de placer y miedo, pero Perseo no se detuvo.

—Verte aunque fuera unos segundos haría que valieran la pena todas esas semanas que pasé en el mar.

—Mejor continúa con tu historia —dije, liberando por fin a Dafne.

Rio.

—Está bien. Aunque no lo creas, a los quince años era insoportable. Era la luz de los ojos de todo el mundo.

Pensé en los aldeanos de mi tierra y en cómo su admiración hacia mí se convirtió en odio.

—Te decían que eras atractivo, pero ¿nadie te castigaba por eso? —dije—. Suena terrible.

—No me quejo de la vida que tenía. Mi madre y yo estábamos a salvo, yo tenía novia…

Calisto se levantó desde mi cabeza, como si quisiera atacar en dirección a Perseo. La sujeté con fuerza; su indignación latía contra mi palma. Intenté no hacerle caso. Esa indignación era ridícula, ya fuera en una mortal o en una serpiente. Perseo tenía todo el derecho a tener una vida.

—¿Tenías novia? —pregunté.

—Se llamaba Driana.

—¿Y… sigue siendo tu novia?

—Lo era cuando me fui. Peleamos por mi partida. Ella no quería que me fuera, pero tenía que hacerlo.

—¿Y ahora?

—No lo sé.

—¿Por qué no lo sabes? —lo oí moverse sobre la grava—. ¿Por qué hablabas de ver mi preciosa boca si tienes novia?

—No era una relación seria, Merina.

—Claro.

—Ella debe haber seguido adelante. He pasado mucho tiempo lejos.

—¿Exactamente cuánto tiempo has estado lejos de Serifos?

—Algunos meses. No tenía más remedio. El rey Polidectes… Es otra vida, Merina. Estar aquí contigo… Me siento como otra persona.

—Yo también —dije entre dientes.

—Pero Driana es muy agradable —añadió Perseo—. Te caería bien.

Agradable. Me pregunté si alguien podría describirme a mí como «agradable» y si yo siquiera querría que lo hicieran. Traté de imaginar un universo en el que fuera posible que Driana me cayera bien, pero temo que mi mezquindad no me lo permitía. ¡Driana había tenido las manos de Perseo entre las suyas, su boca en la suya! Habían pasado días caminando sin rumbo… probablemente en olivares, bajo un sol suave, no en un calor achicharrante como el de mi isla yerma. Los imaginé cenando en algún magnífico establecimiento serifio, hablándose al oído a la luz de las velas, sentados a una mesa con pan, sus miradas un hilo que los conectaba sólo a ellos, a gusto en la mutua seguridad de sus corazones.

Quería eso para mí. Incluso en ese momento, incluso después de todo lo que me había pasado, quería hacerle una pregunta: *¿Es hermosa?*

Agh, probablemente lo era tanto como Afrodita.

Me desprecié. *Vamos, Medusa, no hagas una pregunta tan estúpida.*

—Estoy segura de que nos llevaríamos bien —dije con voz tensa.

—Hace como un año algo cambió —dijo Perseo.

—¿Entre Driana y tú?

—No. El rey Polidectes quería casarse con mi madre, pero ella quería estar lo más lejos posible de ese tipo asqueroso.

Mientras hablaba, la niñez de Perseo se esfumó de su voz como el vapor del amanecer en las laderas.

Cerré los ojos. Así que Dánae albergaba una doble rabia: escaparse de un rey sólo para caer en manos de otro. Quería llegar a ella desde el otro lado del océano, tomarla de las manos y decirle: *¡Sé lo que sientes!* ¿Sería la ira de Dánae lo que hizo a Zeus y Polidectes «reparar en ella»? ¿Sería su deseo del mundo exterior que estallaba en su corazón? ¿Sería su soledad, sería su belleza?

Sospechaba que no era nada que Dánae hubiera hecho.

—Mi madre aborrece a Polidectes —dijo Perseo—. Y yo también. Es aburrido y grosero, pero él se cree interesantísimo. La interrumpe cada vez que ella habla. Y apesta. ¿Por qué nunca usa colonia? —esto lo gritó al cielo de pronto, como si ahí estuviera la respuesta.

Pensé que la falta de colonia sería lo que menos preocupaba a Dánae, pero la rabia encuentra extraños desenlaces, así que no dije nada.

—Trataba de restarle importancia, decía que así era más seguro. Hacía como si fuera una broma. Decía que debíamos arrojarle duraznos, para que por lo menos oliera mejor —prosiguió Perseo—. Pero nunca nos atrevimos, claro. Nunca lo hicimos. Y con el paso de las semanas, sus insinuaciones empeoraban. En la corte, Polidectes la arrinconaba todo el tiempo «para charlar». Le decía: «Tú eres pobre, yo soy rico. Soy un rey. Sabes que casarte conmigo te conviene».

—Todo indica que es una persona horrible y estúpida.

—Es un monstruo.

—Claro —dije, deseando que Perseo no usara esa palabra.

—Mi madre rechazó las exigencias de matrimonio de Polidectes, pero todo siguió igual: siguió acosándola. De hecho, su deseo por ella creció. Él decía que se estaba haciendo la difícil; que era culpa suya que estuviera tan desesperado, porque no le hacía caso.

—¿Ves? —dije—. No puedes ignorar a esos hombres. Eso no les gusta.

—Lo sé —dijo Perseo—. Ella dejó de salir, pero él siguió enviando mensajeros. Luego perdió el apetito. Yo no sabía qué hacer.

No necesitaba imaginar cómo se había sentido Dánae. Su propio espacio, esa pequeña porción de tierra bajo sus pies que le pertenecía, invadida centímetro a centímetro por un hombre como Polidectes. Sabía muy bien cómo era eso.

—Traté de ayudar —dijo Perseo—, pero mi madre no quería que interviniera. Decía que era problema suyo, pero por supuesto que también era mío.

—En sentido estricto, era problema del rey Polidectes.

—Tienes razón, pero él no se daría por vencido, así que le dije que lo solucionaría. Mi madre replicó que sabía demasiado bien cómo funcionaba el mundo y quería que yo me aferrara a mi niñez hasta el último momento. Me dijo que me mantuviera al margen.

—Tu madre parece una persona maravillosa.

—Lo es. La extraño.

—Entonces, tienes que volver para verla, Perseo.

—¡No puedo, Merina! Ése es el problema —percibí que la angustia tensaba su voz—. No puedo volver hasta que haga… esto.

—¿Qué tienes que hacer?

—Casi llego a esa parte. La cuestión es que Polidectes tenía razón en que mi madre no tenía dinero. Habíamos sido llevados por la corriente en un arcón de madera diecisiete años antes y todavía seguíamos sin ahorros. El dinero habría sido el único escudo posible para una mujer en sus circunstancias. De haber tenido dinero, habría podido pagar a un guardaespaldas o irse de la corte. Pero estábamos en la ruina.

—¿Y qué hicisteis?

—A la larga, mi madre aceptó que tenía otra moneda de cambio: yo. Sabía que yo quería ayudar, y después de un mensaje especialmente incómodo de Polidectes, se desesperó. Aceptó que yo hablara con él.

La voz de Perseo se endureció. Sabía que esto no terminaría bien.

—¿Y hablaste con él? —pregunté.

—No inmediatamente. Pensé que debía intimidarlo, así que empecé a levantar pesas.

—Ay, Perseo.

—Escucha, Merina: tú no eres la única que ha tenido que ser una persona en la intimidad y otra en público. Mi madre me dijo que para tratar con un bruto tendría que usar la máscara de un hombre bruto, así que me puse musculoso. Cuando paseaba con ese aspecto fortachón era como si un mundo se abriera ante mí, un mundo que yo ni sabía que existía.

—¿Qué quieres decir con eso?

—Todos esperaban que me portara como un hombre fuerte, como si casi fuera un héroe. Empezaron a cederme el paso.

—¿Ves? De eso hablaba. La vida es distinta si eres hombre…

—Sí, lo sé, pero permanecía frente a mi madre como una puerta con cerrojo. Ella lo detestaba, yo lo detestaba. Pero mi espectáculo estaba funcionando. Empecé a interpretar el papel. A nadie le importaba que me faltaran los sirvientes. Me vanagloriaba de toda clase de proezas, de violencia; todos me creían y hasta me respetaban. Nunca había participado en una batalla, nunca había matado a un hombre, pero la gente creía que decía la verdad; todo el mundo pensaba que yo era una fuerza con la que tendrían que vérselas. Pero sólo era un chico hecho de espejismos. Bailaba con todas las damas de la corte, pero yo era…

—¿Tú eras…?

—Seguía siendo virgen.

Pensé en Driana. Quizá, después de todo, no había habido tantas cenas a la luz de las velas en los olivares. Inexplicablemente, eso me puso un poco triste.

—No tiene nada de malo ser virgen —dije.

—Lo sé, Merina. Pero mi historia no se trata de eso.

Bien dicho.

—Todo era mentira. Yo era una mentira —Perseo se detuvo—. Por Hades, no puedo creer que te esté contando esto. Nunca jamás había hablado de este asunto.

—Me alegra que lo estés haciendo —añadí—. Y lo entiendo. Cuando estoy contigo, siento como si pudiera estar más cerca de quien soy realmente.

Quería rodear esa roca y… *¿Y entonces qué, Medusa?* Ay del hombre… En lugar de eso, me quedé inmóvil y cerré los ojos imaginando a Perseo, un joven recién convertido en hombre, sonriéndoles a través de la máscara a las damas serifias.

—¿Y funcionó? —pregunté—. ¿Lograste que Polidectes dejara a tu madre en paz?

—Más o menos. Al final, llegó el día de la confrontación. Polidectes trató de apartarme, pero le dije que si le tocaba un solo cabello a mi madre, lo mataría. Le hice una amenaza a un rey que conlleva la pena de muerte.

—Muy valiente de tu parte.

—O muy estúpido. Lo cierto es que por mi madre haría lo que fuera. Y para mi sorpresa, la amenaza funcionó. Polidectes se alejó. De hecho, parecía horrorizado. Así descubrí el secreto que mi madre ya conocía. Polidectes nunca aceptaría un rechazo de boca de ella, pero lo haría si venía de un hombre. Aun si este hombre en concreto todavía se sentía como un niño tembloroso.

Perseo se quedó callado. Sobre nuestras cabezas, las gaviotas empezaban a llegar. Llevábamos horas hablando. Comenzaba a anochecer, el cielo se tornaba de color lavanda, y en ese momento, me sentí muy cercana a Perseo, intuyendo lo difícil que debió ser para él contar esa historia. Me sentí afortunada de ser su confesora.

—Vas a tener que parar ahí —dije—. Lo siento mucho. Mis hermanas...

—Pero no te he explicado por qué estoy...

—Se está poniendo el sol, Perseo.

—¿Y qué?

—Van a llegar mis hermanas.

—¿Por qué tanta paranoia con tus hermanas? No te he dicho por qué tuve que abandonar Serifos.

—Ellas tienen alas —solté.

Habíamos creado una atmósfera tan íntima, cercana y acogedora que las palabras brotaron antes de que yo pensara en las consecuencias.

—¿Alas? —repitió.

—Así es. Mis hermanas tienen alas. Pueden volar —añadí sin ninguna necesidad.

Perseo rio.

—Claro. Si tú lo dices...

—Hablo en serio. ¡Vuelan!

—Primero me dices que son inmortales, ahora esto. Sabía que esta isla era extraña.

—Podrían hacerte daño.

—¿Y por qué me harían daño?

—Te dije que esta historia podría no gustarte.

—¿Y tú vuelas? —preguntó Perseo.

Percibí inquietud en sus palabras.

—No, no. Yo soy… normal. Te lo dije.

—Qué alivio.

—Mira, debo irme. Ve a tu cueva. Te prometo que mañana te contaré más. Hicimos una promesa, ¿no es verdad?

—Tú no vas a hacerme daño, ¿verdad? —dijo. Sonaba como un niño pequeño.

—Claro que no. ¿Cómo se te ocurre?

Me gustas, quería decirle. *Me gustas más que cualquier ser humano o dios que haya conocido en mis dieciocho años de vida.*

—Perdón —dijo—. Sé que no lo harías. Es que… estoy solo aquí.

—No estás solo: me tienes a mí. Simplemente no dejes que te vean y estarás bien.

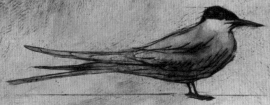

—¿Por qué tienen alas?

Pensé en Atenea, allá en el confín de la Noche. Las serpientes saliendo a borbotones de mi cabeza mientras mis hermanas, encogidas de miedo, se transformaban en gorgonas. Responder la pregunta de Perseo implicaría revelar más de lo que jamás había revelado de mí y no sabía si sería capaz.

—No estás solo, Perseo —volví a decir—. Yo estoy aquí.

No sé por qué hice lo que hice a continuación. Alargar el brazo al otro lado de la roca para tomarlo de la mano: qué tontería… pero lo hice y la sensación fue fabulosa. Perseo se quedó inmóvil, pero yo seguí sin soltarlo, como si fuera un acto de magia que pudiera protegernos a los dos.

Y puede ser que él no supiera por qué hizo lo que hizo a continuación: llevar mi mano a sus labios para besarla una y otra vez. Mis dedos, mi muñeca, la piel interna de mi antebrazo. Cerré los ojos y en mi visión vi la oscura cubierta de su embarcación, la punta de esa espada, y pensé: *¿Y si mis hermanas llegaran ahora mismo?* Pero no llegaron: por una vez en la vida, los dioses fueron buenos conmigo. Nos quedamos a ambos lados de esa roca… nuestras manos eran un faro en nuestra íntima oscuridad que abrían las ventanas de nuestras almas.

CAPÍTULO SIETE

Al principio, es sólo una sombra, pero quiere que sepa que está ahí. Yo estoy afuera, en el bote, en el confín de la Noche con Argentus a mi lado; mis hermanas en el agua, debajo de mí, separan las algas en busca de perlas para enhebrarlas en mi cabello.

Sí, es él.

Siempre es él, enorme como cuarenta ballenas.

«¿Esteno? ¿Euríale?», llamo a mis hermanas, pero no oigo más que silencio.

Surge su sombra, su figura se hincha bajo mi esquife que se balancea en el mar.

Poseidón, padre de las aguas, observa bajo la superficie.

Hasta el último pelo del áspero lomo de Argentus se eriza de miedo. Zarandea el bote, brincando de un lado al otro mientras Poseidón se desliza: una amenazante mole divina, el terror en mis huesos. Una mancha oscura en el agua. ¿Qué quiere? ¿Por qué no se va?

Argentus trata de cubrirme, de proteger mi cuerpo encogido, pero no es suficiente. Cuando Poseidón quiere algo, nunca es suficiente. El aire se inmoviliza, como si Poseidón hubiera interrumpido el día.

—Mírame —ordena.

Esa horrible voz, condenada por el mar. La escofina de una aleta de tiburón en tu columna, succionando el último aliento.

Pero no miraré. No respiraré su aliento.

—¿Desobedeces, Medusa? —brama.

Conoce mi nombre. ¿Cómo es que conoce mi nombre? Aterrorizada, he perdido la razón. Pero por supuesto: es el padre del mar. Es imposible que una chica de catorce años sea más lista que él.

—Medusa: ésta es la última advertencia —dice.

Sigo negándome a levantar la mirada. Es el único dominio que puedo reivindicar. Algunos dirían que es un error, pero no me importa. El hecho de que un dios te diga que lo mires no significa que debas obedecerlo.

Un ruido de ráfaga o torrente y giro la cabeza en la otra dirección. Oh, Hades. Una ola enorme se abalanza hacia mí. Llámalo tsunami, muro de agua… también puedes llamarlo muerte segura. Del lado opuesto, el otro horror. Poseidón, su pecho es una pared de roca; su vientre, grasa de ballena. Esos ojos centelleantes, océanos negros donde ni un tiburón se atrevería a nadar. Estoy atrapada entre dos pesadillas.

—¿Quieres morir, Medusa? —ruge el dios de las aguas—. ¿Quieres que muera tu perro?

—¡No!

—¿Detengo la ola, Medusa?

—¡Sí!

—Entonces, prométeme lo que yo quiera.

Otra vez, me vuelvo hacia el tsunami: el cielo ha desaparecido tras su poderío. ¿Cómo puede desaparecer el cielo? Cualquier cosa es posible cuando un dios está furioso.

El agua se acerca como una montaña. Hay peces por todas partes, las sirenas exhalan alaridos de dolor mientras son revolcadas por el mar. El poder de Poseidón les rompe las espaldas, sus aletas perfectas son sacrificadas a su impulso. Argentus, intenta guardar el equilibrio, desesperado por saltar y aterrado ante la idea de hacerlo. Vamos a morir, lo sé.

—¡Lo prometo! —grito por encima de la confusión.

—¿LO QUE SEA? —grita Poseidón en respuesta.

—¡LO QUE SEA!

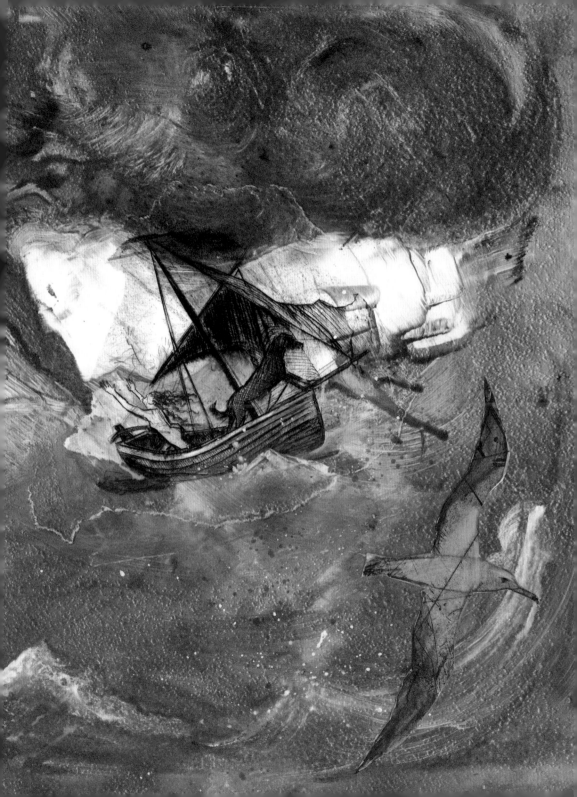

Y así de fácil, la tempestad amaina. No estoy muerta. Pero todo queda en silencio.

¿Qué hice mal?

Nada, Medusa, quiero decirle a mi yo de catorce años. *Mírame.*

Pero ella no quiere mirar. Tiene miedo.

Mírame: yo no tengo miedo de verte. Escúchame. Medusa, ¿me oyes?

—¿Qué hice mal? —exclamé en la oscuridad de una cueva, cubierta de un sudor frío, retorciéndome y gritando en el suelo. A mi lado, Esteno me sostenía el brazo y me zarandeaba para despertarme.

—Cariño, ¿estás bien? —me decía—. Medusa, ¿me oyes? Es una pesadilla. No hiciste nada mal. No hiciste absolutamente nada malo.

—¿Dónde estoy? —dije al recordar que ya no tenía catorce años sino dieciocho y que aquella vida anterior (Poseidón, el bote, el confín de la Noche) se había ido hacía mucho tiempo.

Por el resplandor azul claro que entraba por la boca de la cueva supe que estaba a punto de amanecer.

—¿Otra vez él? —preguntó mi hermana en voz baja.

—Él.

—Ya pasó.

Entonces, ¿por qué sigo soñando con la promesa que hice?, quise preguntarle, pero no lo hice porque sabía que Esteno no tendría la respuesta. Me abrazó con fuerza mientras yo lloraba a su lado: mi hermana, la más afectuosa, la que me quería como a una hija.

Verás: recordar es una bendición y una maldición. No puedes borrar los malos recuerdos, pero una vida sin arrepentimiento es una vida no vivida. Lo que recuerdas y cómo lo recuerdas te hace ser quien eres. Tal vez puedas elegir, tal vez no. Pero si yo pudiera borrar de mi mente la imagen de Poseidón, dios del mar, levantándose de las aguas, tapando la luz de las estrellas, cubriéndome la piel de aire helado, escrutinio y miedo, lo haría, sin lugar a dudas.

—Hoy nos quedaremos aquí contigo —dijo Esteno, cuando los primeros rayos del sol se extendían por el horizonte.

Pensé en Perseo. Ardía por estar cerca de él, aunque una roca nos separara. Creía que estar cerca de alguien tan resplandeciente me arroparía en una calidez más grande que la del mismo sol. ¿Cómo explicarles a mis hermanas que él era diferente, que éramos amigos y teníamos muchísimo en común? Tenía que descubrir por qué Perseo estaba aquí; quería decirle por qué yo estaba aquí. Estaba segura de que nuestros destinos estaban entrelazados.

—No hace falta —le dije a mi hermana, tratando de sonar alegre—. Argentus está aquí conmigo y necesitamos comer.

Euríale voló para arrodillarse a mi lado.

—Medusa, no permitas que tus sueños te perturben. Sabemos que en ocasiones es difícil, pero...

—Euríale, tú no tienes la menor idea de cómo es esto. Crees que lo que nos pasó es una especie de juego.

—La vida es un juego, Med —replicó Euríale—, y tú puedes jugarlo.

—Ah, ¿sí? Bueno, pues no conozco las reglas. De hecho, me parece que no hay reglas, porque de lo contrario la vida sería justa.

—Eres única, mi amor —dijo Euríale—. Para ti no existen reglas... en realidad, ni para Esteno ni para mí. En esta isla vivimos como queremos.

Euríale podría decir que soy única, pero mi corazón era tan víctima del dolor y el deseo como el de cualquier mortal.

—Crees que lo que me pasó es algo de lo cual enorgullecerse, pero es horrible —le respondí—. ¿Cómo te sentirías si tuvieras un nido de serpientes locas en la cabeza, donde alguna vez tuviste una trenza mortal?

—Mira —añadió Euríale, empezando a perder la paciencia—: eres diferente de cualquier otra mujer del mundo. Deberías disfrutarlo.

—No. ¿Tú disfrutarías que la gente se asustara de ti, disfrutarías que tu propio cuerpo fuera una celda? —la mirada ajena de mi hermana me enfureció aún más—. Por supuesto que no te importa lo más mínimo —agregué—: tú eres inmortal; ni siquiera sabes lo que es el amor.

—Eso es injusto, Medusa —dijo Esteno.

—¿Qué tiene que ver el amor con todo esto? —preguntó Euríale, al entrecerrar los ojos.

—Crees que ser especial es grandioso —siseé, disimulando mi dolor con el enojo y percatándome de que había llegado demasiado lejos, pues en esta isla nunca hablábamos de amor. Señalé mi cabeza, con las serpientes estirándose en todas direcciones con los colmillos al descubierto—. Pues no lo es: es horrendo. Soy horrenda. ¡Quiero ser NORMAL!

Mi grito rebotó en las paredes de la cueva y mis hermanas se taparon los oídos. Eco, Calisto, Artemisa, Dafne y las demás serpientes se agitaron dolorosamente, atemorizadas. Las mismas rocas donde nos guarecíamos estaban temblando. Argentus salió huyendo.

—¡Atenea te eligió! —exclamó Euríale.

—¿Como Poseidón? —grité.

—¡Olvídate de ese monstruo! El amor es un juego de tontos: harías bien en tenerlo presente —dijo Euríale.

—¡No eres horrenda, mi amor! —exclamó Esteno—. Eres nuestra Medusa. Eres tan bella como el día en que naciste…

—Nunca quise ser bella y ahora es obvio que no puedo serlo —gruñí—. Dejadme sola, las dos. ¡LARGO DE AQUÍ!

Con la cabeza inclinada (una de dolor y otra de rabia), mis hermanas salieron de la cueva. Escuché cómo se desplegaban sus alas y se elevaban sus cuerpos: cuerpos que ellas amaban tanto como yo odiaba al mío. Envidié esa seguridad con tal fiereza que mis serpientes se convirtieron en atizadores al rojo vivo sobre mi cráneo. Estaba atrapada; era la única persona de la cual nunca podría salir huyendo.

Si pudiera ser Merina, la chica que cocinaba pescado, la chica con la que los chicos querían quedarse a conversar. Merina, con una cabellera normal. Pero no, yo era Medusa: un monstruo, una chica escondida, todas las cosas que nunca soñé ser.

Quizá los estruendos procedentes de mi cueva hayan ahuyentado a Perseo, pues no se oía ni veía por ningún lado.

Vaya, pensé, *¿te asustan unos cuantos rugidos?* Pero luego: *No, para él ha sido duro, déjalo en paz.*

Y la verdad es que yo misma me daba un poco de miedo. La furia que mi hermana había despertado en mí era abrumadora. Temí que Perseo no regresara ahora que sabía un poco más de mi extraña familia. Había llegado a esta isla a agitar las cosas y a recordarme todo lo que había vivido, todo lo que había sido, pero ya no. Si yo fuera una caja cerrada, Perseo podría ser quien encontrara la llave.

¡Y todas estas emociones después de unos besos en la mano! Ya lo sé, ya lo sé. Pero considéralo: la vida para mí no había sido normal desde hacía tiempo, y desde la llegada de Perseo, el tiempo en la isla se había vuelto un poco líquido. Él y yo éramos ancestrales y éramos ingenuos. Yo anhelaba el amor. Incluso creía que se había presentado ante mí y que estaba a mi alcance. No soportaba las ganas de verlo. Quería saber por qué había llegado a nuestra caleta y sabía que él quería contármelo.

Arreglé un poco la cueva y decidí caminar al otro lado de la isla, a los senderos ocultos que él no conocería, donde podría caminar libre sin que me interrumpieran. Necesitaba aclarar mis pensamientos.

Al salir por el arco de roca oí a Orado ladrando al pie de los acantilados. Fui sigilosamente a mi roca de observación y, para mi desgracia, vi que Perseo estaba en su bote. *Se va a ir*, pensé, y Calisto se enrolló pavoneándose, altanera, como dando a entender que no le importaba. Pero Perseo no parecía estar por partir. Sólo estaba sentado en un barril, jugueteando con un par de sandalias. Parecía contrariado.

—Orado, ni siquiera me quedan bien —decía—. ¿Por qué me las dieron? ¿Por qué no puedo usar las mías?

Me pregunté a quién se referiría Perseo. En lugar de tirar las sandalias que se había probado, las puso en la cubierta con deferencia, como si estuvieran hechas de cristal y pudieran hacerse añicos. Vi que dichas sandalias tenían alas: unas hermosas plumas blancas con puntas rosa pálido, muy diferentes de los apéndices de mis hermanas, color gris tormenta. Eran delicadas como las de una paloma, pero se las habían arrancado a una criatura que yo no podía ni imaginar.

Dafne se asomó curiosa, pues le encantaba todo lo bello, pero mis otras serpientes se retorcían. No les gustaban esas sandalias.

—No pasa nada —les dije—. Mirad: a Perseo tampoco le gustan.

Era cierto. Ya se estaba poniendo alegremente unas sandalias desgastadas y maltrechas. Me gustaban porque parecían cómodas y por su estilo sutil, igual que su dueño. También me gustaba cómo Perseo le hablaba a Orado, como si esperara respuesta.

De Perseo me gustaba todo y mi gusto parecía infinito.

Sacó la espada de debajo de la piel de cabra y finalmente la vi en todo su esplendor. Era enorme. Hacía que la cubierta se viera dorada bajo el sol y era demasiado pesada para él. La hoja era recta, dura y, sí, tan afilada que sólo un dios podría haberla fraguado. Perseo apenas podía levantarla. En el centro de la empuñadura había un rubí que, desde donde yo estaba, titilaba como una reluciente esfera de sangre.

Verlo con esa espada me inquietaba. Era como si estuviera observando algo extrañamente familiar, pero que sólo existía en los alrededores de mis sueños recientes. Perseo era torpe con ella: un guerrero sin preparación, pero entusiasta. La dejó a un lado y sacó un casco, que sostuvo como si pudiera explotarle en las manos. Lo dejó en la cubierta, buscó debajo de la piel de cabra y ahora extrajo un lustroso escudo. Parecía tener un interminable suministro de armas.

El escudo me fascinaba. A Dafne también, claro. Era aún mejor que las sandalias. Ella lo quería, yo lo quería: todas las que nos escondíamos tras la roca, serpientes o mortales, lo queríamos. Era terso y redondo, como si la luna se hubiera caído del firmamento sobre él, como si Selene misma hubiera descendido a bendecir las aguas que rodeaban el bote. Junto a la espada, parecía purísimo, desprovisto de cualquier mala intención.

Perseo y yo. El sol y la luna, el oro y la plata. ¿Por qué tenía esa espada, ese casco, ese escudo, todo ese equipo para la guerra? Era demasiado joven para ello, como yo era demasiado joven para lo que me pasó; nuestros cuerpos, como metales preciosos convertidos en armas a fuerza de golpes.

—¡Perseo! —lo llamé, aún oculta tras la roca. Al oír mi voz se sobresaltó como un niño culpable descubierto en pleno asalto a una caja de juguetes, rodeado de las pruebas de sus fechorías.

—Buenos días, Merina —dijo, colocando su botín bajo la piel de cabra.

—¿Vas a la batalla?

—Espero que no —dijo riendo.

—Menos mal.

—¿Tus hermanas andan por ahí?

—Salieron a cazar. Siempre se van temprano y regresan al anochecer.

—Ah —incluso desde lo alto del acantilado oí el alivio en su voz—. Iba a caminar un poco por la orilla. ¿Quieres venir?

—Ahora no —respondí—. Quiero contarte algo.

CAPÍTULO OCHO

Nos sentamos a ambos lados de la roca de entrada, nuestro lugar habitual, percibiendo la tibieza de la piedra roja en la piel. Era apenas la tercera vez que lo hacíamos, pero lo sentía como algo familiar, casi como si nos sentáramos espalda contra espalda… salvo por la enorme piedra que se interponía entre nosotros.

Nos instalamos con la avidez de unos niños que esperan un regalo. La manera en la que Perseo subió a brincos por el sendero de su bote hacia mi cueva me había conmovido profundamente. En mi aldea, en el confín de la Noche, la gente la había emprendido contra nosotras. ¿Estaba loca por arriesgarme a que ocurriera lo mismo? Tal vez, pero era un riesgo que yo debía correr. La isla era tan remota que posiblemente nunca volvería a toparme con nadie como Perseo.

Cerré los ojos y lo imaginé aceptando lo que tenía que decirle, rodeándome con los brazos, tomándome la cara con las manos, ofreciéndome un beso de su boca…

No, Medusa, dije para mis adentros, *recuerda lo que dijo Atenea.*

—Entonces, ¿querías contarme algo? —preguntó Perseo al otro lado de la roca.

—Sí, pero no sé cómo hacerlo.

—¿Pasa algo malo?

—¿Qué sabes de Poseidón, además del hecho de que te salvó de ahogarte en el mar?

—Nada. Puede ser que sólo lo hiciera como un favor a mi padre. Después de que mi madre y yo llegáramos a la costa de Serifos, no volví a verlo.

—Yo también conocí a Poseidón —dije, tratando de controlar mi angustia—. A los catorce años.

—¿Fue Poseidón quien te desfiguró?

—Reparó en mí, Perseo, tal como Zeus reparó en tu madre.

—¡Ah! —hubo una pausa—. Entiendo.

—Sí. Sólo que yo no quería negociar. Yo quería mi vida tal como era. Me encantaba, de hecho. Era feliz en el confín de la Noche. Pero eso a Poseidón no le importó. Él no quiso dejarme en paz. Me amenazó hasta que… hasta que prometí.

—¿Prometiste? ¿Prometiste qué?

—Sólo eso —dije con tristeza—. No tenía ni idea. Simplemente dije que le prometía lo que quisiera.

—Cuando haces una promesa debes ser un poco más específica.

—Estaba amenazándome de muerte, Perseo.

—¿Qué?

—Creó una tempestad en las aguas y me habría ahogado de no hacer la promesa —cerré los ojos, sintiendo en mi interior aquel mar picado, viendo el cielo tornarse color acero, las estrellas desaparecer como un manto sulfuroso que se hubiera echado sobre su luz—. Dije lo que fuera con tal de que Argentus y yo estuviéramos a salvo.

—Comprendo —dijo Perseo en voz baja.

—Él calmó la tempestad, pero después de eso empezó a seguirme cada vez que salía a pescar. Al principio, mis hermanas me decían que no le hiciera caso, que con eso se iría. Pero Poseidón no se fue. Cada vez que iba a pescar, él estaba siempre ahí. Tenía catorce años y me sentía como si tuviera noventa.

—Deberías haber dejado de salir a pescar.

—¿Por qué debería haber dejado de hacer lo que me encantaba? Es Poseidón quien no tendría que haber estado ahí. ¡Debería haber dejado de seguirme!

—Pero... sí. Sí —dijo Perseo—. Está bien. Sí, tienes razón.

—Soy algo terca. Soy un mapa a medio trazar y siempre trato de señalar mis puntos en él, no dejo que nadie lo haga por mí. Era mi bote, Perseo, mi vida. Pero desde las profundidades, ahí estaba Poseidón —me estremecí—. Veía su sombra elevarse, cada vez más larga, como si se cerniera sobre mi bote. Nunca rompió la superficie del agua, pero ahí estaba, rondando. A veces, cuando me hallaba de espaldas, sentía una sacudida en el cabello. Y cuando miraba, ¿qué encontraba? Nada. Me había obligado a hacer esa promesa indefinida amenazándome de muerte, pero en cualquier caso me estaba quitando la vida día a día.

—¿Y qué hiciste?

—Te complacerá saber que dejé de pescar —le dije. Oí a Perseo suspirar—. Salir al agua ya no me hacía feliz. Argentus ya ni siquiera se subía al bote, así que me quedaba ahí sola, meciéndome sobre las olas, mientras mis hermanas se sumergían en busca de peces.

—¿A tus hermanas nunca las molestó?

—No. Yo me preocupaba por ellas. Cuando estaba ahí sentada en el esquife, sintiéndome un blanco, ellas estaban en el agua con él. Euríale decía que las dos eran bastante grandes y bastante inmortales para saber cuidarse, pero estábamos hablando de Poseidón: ¿qué no podría hacerles también a ellas? Era demencial.

Los aldeanos me habían arrebatado mis caminatas a lo largo de la orilla por ser demasiado engreída y hermosa, y ahora Poseidón me robaba lo último que me quedaba de libertad. Ya no me pertenecía a mí misma: ahora le pertenecía a Poseidón.

—Al menos en tierra firme estabas a salvo —dijo Perseo.

Tuve que reír.

—¿De veras crees que se rindió?

—Ah.

—No. Empezó a crear tormentas una vez más. Enormes. Los ríos se desbordaban, los campos se inundaban y los cultivos quedaban destrozados. Luego los peces dejaron de acudir a la orilla. Los aldeanos empezaron a pasar hambre y Poseidón les dijo que él pararía las tempestades si yo mantenía mi «promesa». Mi vecina Alecto decía: «Ella ha atrapado a Poseidón. Sentado allá afuera, al lado de su bote. Bien que exhibe sus curvas, pero no le da lo que él quiere. Le hizo una promesa, pero no la cumple. Caprichosa, lo típico. Y ahora por su culpa no podemos comer. Lo está provocando».

—¡Pero no lo estabas provocando!

—Claro que no. Simplemente existía, tal como tu madre intentaba existir cuando Polidectes la molestaba todo el tiempo. Pero

116

Poseidón se las arregló para que todo fuera culpa mía. «¡No le estoy haciendo nada!», les gritaba a los aldeanos. Estaba furiosa, Perseo. nunca había sentido la ira profunda, pero ahora crecía en mi interior como un regalo para mí misma. Esteno siempre me decía que fuera amable, pero ¿qué había conseguido con eso? Hacer promesas que no quería cumplir. «Todos estamos sufriendo por tu culpa», decía el vecino Leodes. «Creo que ella debería internarse en el agua. Que vaya y saque su gran pez», decía Alecto, y luego añadía, dirigiéndose a mí: «Dale lo que quiere y te dejará en paz». «Así son las cosas, niña. Es así como se mantiene la paz», me decía Leodes.

—Pero no lo hiciste, ¿verdad? —preguntó Perseo.

Incliné la cabeza contra la tibia roca y cerré los ojos.

—Un día que estaba caminando por la aldea, mis piernas se debilitaron. Literalmente, no podía caminar. Estaba tan expuesta, tan triste, tan desesperada por expulsar la creciente convicción de que estaba haciendo algo mal que mis piernas se negaban a responder. Los aldeanos se reunieron en torno a mí, pero ni uno solo acudió a ayudarme. Mis hermanas seguían en el mar, recogiendo sus redes. Yo quería dejar de sentirme responsable de los sentimientos de los demás, de las tempestades, de Poseidón. Ya no quería ser una niña: quería ser un pez. Quería que mis hermanas me pescaran y me asaran y luego me comieran y estar en sus estómagos hecha pedacitos. Escondida para siempre, nunca volver a ser yo. Pero a pesar de las intimidaciones de los aldeanos y el acoso de Poseidón, no: nunca volví a entrar en el mar.

—Eres muy valiente —dijo Perseo.

Pensé en ello.

—Aunque hubiera cedido, habría sido una persona igual de valiente.

Nos quedamos callados un rato.

—Hay algo más —dije, apretando los ojos, tratando de impedir que brotaran las lágrimas—. La historia no ha terminado. Mis hermanas llamaron a la diosa Atenea para que viniera en mi ayuda.

—¿Conoces a Atenea? —preguntó Perseo.

—Sí —respondí sin ánimo, tocando a mis serpientes.

—Yo también.

—¿Ah, sí? —no pude disimular la tensión en mi voz—. ¿Desde cuándo?

—Desde hace muy poco. Fue de lo más amable conmigo. Muy generosa.

—Qué suerte. A mí me tocó en un mal día. Seguramente oyó las súplicas de mis hermanas, porque apareció en nuestra casa una tarde. Esteno y Euríale habían salido a pescar y yo estaba viéndolas desde los acantilados. Dijo que tenía mal aspecto y le respondí que seguramente ya conocía la razón. Le rogué que me ayudara a quitarme de encima a Poseidón, pues ya lo había intentado todo y ya no sabía qué más hacer. «¿Te crees especial sólo porque un dios te dedica su atención? ¿Quién te crees que eres? Todo el mundo tiene problemas», espetó Atenea.

—Vaya ayuda —observó Perseo.

—Me desesperé. Le dije que yo nunca había buscado atraer la atención de Poseidón, que haría lo que fuera porque nunca jamás volviera a mirarme. Que me recogería el cabello, que lo cortaría —insistí titubeante y con la respiración entrecortada.

—¿Estás bien? —preguntó Perseo.

—Sí, no pasa nada. Sólo estoy recordando.

—¿Y qué pasó después?

—Recuerdo que la expresión de Atenea se transformó. Tenía en los ojos un toque de astucia, una ocurrencia brillante, una idea de dioses. «¿Crees que tienes un cabello bonito?», preguntó. Le contesté que no pensaba eso para nada, pero que me alegraría mucho perderlo si eso significaba que ningún hombre o dios me mirara jamás. Le prometí que nunca buscaría novio, marido o amante si con eso lograba que Poseidón me dejara volver a las aguas en paz. Dije que haría lo que fuera. Atenea me preguntó si estaba segura: que era mucho prometer para una chica mortal.

—Tenía razón.

—Desearía no haberlo dicho nunca. Desearía no haber hecho esa promesa.

—Parece que siempre haces promesas a los dioses.

—Promesas de las que desconozco el resultado, hasta que es demasiado tarde —dije moviendo con el talón una piedra solitaria. Argentus gimoteó. Sabía adónde iba todo esto—. Atenea me dijo que fuera a su templo. Dijo que no debía dejar entrar a nadie. Que le hiciera ofrendas a ella y estaría a salvo. Le aseguré que lo haría y desapareció.

Al volver a cerrar los ojos evoqué aquel templo hermoso a las afueras de nuestra aldea en medio de un olivar. Tenía un jardín muy cuidado con hierbas finas y flores de montaña, y en medio una fuente que reflejaba la luz de la luna.

—Por órdenes de Atenea —proseguí—, hice visitas diarias con Argentus, eludiendo el mar, eludiendo la aldea. Empecé a dormir ahí, con Argentus a mis pies. Se encogió mi mundo, pero no me importaba. El templo de Atenea era fresco y cómodo: había bancas bajas de piedra y asientos cubiertos con suaves cojines, un olor a ámbar y pan recién horneado que todos los días dejaba ahí un panadero como ofrenda a su diosa favorita.

—Eso suena bien.

—No estaba mal. Me comía el pan. Dejaba la mitad para Atenea y me sentaba en los escalones exteriores de espaldas al mar, mirando fijamente a tierra firme. Cada día le daba mi agradecimiento a la veleidosa Atenea. Cada día cuidaba los olivos. Cada día mantenía la cabeza gacha. Por un tiempo, en esa soledad, con ese agradecimiento y ese trabajo de jardinería, llegué a sentirme en paz. Me sentía segura. Poseidón no podría atraparme.

Me quedé callada. Recordé lo convencida que estaba de que con ese tiempo que pasaba en el templo de Atenea todo acabaría. Al alejarme de la vigilancia de Poseidón, la presión de su presencia, al negarme el amor presente y futuro, al pasar tardes interminables con Argentus en la tranquilidad del templo de Atenea, pensarías que me sentía libre.

Serías tan ingenua como yo.

—Escucha, Perseo. Tómalo de alguien que entiende. A veces, ni siquiera empequeñecerte hasta tener la forma más diminuta es suficiente. Entonces, es mejor quedarse del tamaño que deberías tener.

ATENEA

"¿Crees que tienes un cabello bonito?"

—¿Qué pasó, Merina? —susurró Perseo.

—Me encontró —dije; la garganta se me empezaba a cerrar—.
Salió del agua para darme caza.

—Oh, Hades.

—Un dios del mar en un olivar es como un pez fuera
del agua, pero no por eso es menos poderoso —tragué
saliva, intentando controlarme—. Me acuerdo de
haber visto su sombra sobre el muro como una
enorme mancha que se movía bajo la luz de
la luna mientras el mundo dormía. Y cómo
arrojó a Argentus a un lado.

—¡No! —exclamó Perseo.

Escuchar su compasión me hacía
sentir como si el pecho se me hubiera abierto y me llené de sollozos que
podrían no acallar nunca más. Pero
no quería que Perseo oyera caer
mis lágrimas. Me las restregué
y Eco se inclinó para lamer
suavemente los restos de
humedad.

—A Poseidón no le importaba en qué templo entraba —dije con voz temblorosa—. Simplemente derribó las columnas. Le grité que me dejara en paz, llamé a Atenea, dije «¡No, no, no!», pero en los escombros de aquella noche, Poseidón tomó lo que yo nunca quise darle: a mí.

Nos quedamos sentados en silencio, las gaviotas volvieron a rondar ruidosamente sobre nuestras cabezas. En mi imaginación veía sangre manando de la fuente de Atenea.

—Merina… —dijo Perseo en voz baja—… Por todos los dioses, cómo lo siento.

Reí, pero sin alegría.

—Y después, ¿adivina qué? Algunas personas de la aldea decían que debía estar agradecida por la atención, pues no muchos dioses se dignaban hacernos caso a nosotros, simples mortales. Pero, por el amor de Hades,

Poseidón no me hizo caso a mí: no me mostró ninguna considera-
ción y por supuesto que no me dio nada a cambio de lo que tomó.
Lo que hizo fue tratar de que yo me perdiera a mí misma.

—Merina…

—Y a quienes decían esas necedades, tal vez les habría gustado pasar media hora en ese templo profanado, en mi lugar. Yo les
cedo mi lugar con mucho gusto. Pero no les interesa, claro que no:
sólo quieren decirte lo bien que ellos lo hubieran manejado: ellos
sí habrían sabido decir que no.

—¡Tú dijiste que no!

—Y tantas veces que la palabra perdió su significado. Para Poseidón, no tenía ningún sentido.

—¿Cómo lograste salir?

—Terminó por irse. De alguna manera pude salir a rastras de
los escombros del templo y encontré el camino a casa. Argentus
había despertado a mis hermanas y me encontraron en el sendero. En cuanto me vieron, desaliñada, con el vestido roto, el cabello enmarañado, abatida, me estrecharon fuerte entre sus brazos.
Debo haber llorado. Ya no lo sé. Guardo muchos recuerdos… todos
los que ya te he revelado, para empezar, pero debo reconocer que
aquellos momentos, inmediatamente después, los olvidé.

—Merina, no sé qué decir.

—Tan sólo que me escuches ya es reconfortante. Recuerdo el camino, ver a mis hermanas rodearme en sus brazos... Argentus frotándome los pies desnudos con el hocico... Salir huyendo del templo sin mis sandalias. Eso es todo.

Otra vez, hubo silencio.

—Es un gran honor que me hayas contado esto —dijo Perseo—. No lo olvidaré. Nunca nadie me había demostrado tanta confianza como tú. Nunca habría mencionado su nombre de haberlo sabido.

—Está bien —lo tranquilicé—. No lo sabías.

Me dejé caer sobre la roca. Curiosamente, el ritmo de mi corazón se había estabilizado. Hablar con alguien sobre mi experiencia en el templo, aunque no eliminara el escozor, me había servido de escape.

Más tarde, sentados sin decir nada, me di cuenta de que mi experiencia se había alejado un poco de mí, que la revelación de mi tristeza me había hecho sentir más ligera. No sé por cuánto tiempo, pero descubrir que podía sentirme así fue maravilloso y reconfortante. Estaba en posesión de mi propia historia. Era yo quien podría conservarla o deshacerme de ella.

Acaricié a mis silenciosas serpientes ondulantes.

—Hablar contigo… oh, por todos los dioses, es increíble —dijo Perseo—. Vaya vida que has tenido. No es como estar con Driana, ni siquiera con mi madre.

—No me gusta oír eso, Perseo. Ellas también tienen sus historias.

—Sí, sí, lo sé, pero escucharte a ti… Nunca me había sentido así.

¿Era el sonido de mi voz lo que le gustaba o las palabras que pronunciaba? Moría por preguntarlo, pero me daba mucha vergüenza.

—¿Sentirte cómo? —pregunté.

—Merina, ¿alguna vez has estado… enamorada?

—¿Enamorada?

—Sí.

—No lo sé —vacilé—. No lo creo.

—Yo tampoco.

Nos quedamos callados unos minutos.

—Perseo —dije—, no me entiendes del todo. Aún no.

—Entiendo que tú y yo somos parecidos. Somos supervivientes.

—Pero nada más. A pesar de lo que tenemos en común, no nos parecemos.

—Entonces… ¡es que los opuestos se atraen! —dijo. Me di cuenta de que titubeaba y por fin declaró—: No sé si alguna vez he sido feliz. Quiero ser feliz.

—¿Y qué te haría feliz?

—Verte, Merina.

—No puede ser.

—Estar contigo.

—Imposible.

—Por desfigurada que puedas creer que estás, no me importa. Por favor.

—Perseo, créeme, lo nuestro es imposible.

—Por los dioses, Merina: creo que te amo. Sé que es una locura, pero lo creo.

Sus palabras me abrieron de golpe. Antes de escucharlas no sabía cuánto las había estado deseando. No eran más que palabras, por supuesto, y cualquiera podía pronunciarlas, pero en su boca y en mis oídos eran perfectas.

El pánico se apoderó de mí y mis serpientes empezaron a retorcerse. ¿Y si Perseo decidía rodear la roca? ¿Y si esa declaración significaba que ya se había cansado de mis juegos y ahora sabría quién era yo en realidad? ¿Cuán preparado estaba para que yo fuera honesta?

Me llevé las manos a la cabeza y las serpientes se dejaron caer como un mórbido sauce llorón, a manera de advertencia. *No importa: tengo que decirle cómo me siento*, las tranquilicé.

—Perseo —susurré—: yo también creo que te amo.

Al otro lado de la roca, Perseo suspiró. Fue un suspiro curioso, de satisfacción y tristeza a la vez.

—Volveré mañana —dijo—. Nos prometimos contarnos nuestras historias y yo cumplo mis promesas. Ya me hablaste de Poseidón. Es algo que nunca olvidaré. Entonces, mañana te contaré por qué me fui de casa.

CAPÍTULO NUEVE

Perseo regresó a su cueva y yo a la mía, con la promesa de encontrarnos al día siguiente. Su amor era como una columna de luz en la que yo me bañaba adondequiera que me llevaran mis pasos. No podía creer mi suerte, que él me hubiera encontrado en esta isla remota. Me maravilló que pudiéramos enamorarnos sin vernos cara a cara, que la mente mortal fuera capaz de esas acrobacias a placer.

Creí en las palabras que me dijo. Creí en el calor que sentía al estar cerca de él. Hasta ese momento, nunca le había contado a nadie los pormenores de lo vivido con Poseidón. Mis hermanas querían que lo borrara de mi mente, que siguiera adelante, que iniciara un nuevo capítulo. Pero no se puede iniciar un nuevo capítulo hasta haber terminado el anterior. Perseo había aparecido de la nada, con el sol a su espalda, y mi historia había fluido.

Quizás había dentro de él algo que yo quería para mí. ¿La soltura con que se encontraba en su propio cuerpo, su sensación de libertad? ¿O quizás había percibido en él una mínima posibilidad de reclamar algo de la felicidad y la magia que los dioses me habían arrebatado? Para encender la leña hace falta una chispa y ese fuego no era sólo cosa de Perseo. Durante mucho tiempo me habían enseñado a hacer caso omiso de lo que había en mí: mi propio fuego, mi propia voz deseando ser escuchada. Y había llegado la hora. Quería contar mi historia.

Pero así como la luz te permite ver con claridad, también te deja sin ningún escondite posible. Me espantaba la fuerza de mis sentimientos por él y temía adónde me pudieran llevar.

Me preguntaba qué hacía Perseo sin mí en las horas en que estaba despierto. Nunca le faltaba comida, pues yo todos los días le dejaba un paquete afuera de la roca de entrada. ¿Tal vez caminaba por los senderos de la isla? O se apartaba de ellos… porque a pesar de su declaración de amor, yo percibía cierta inquietud. No siempre era palpable, pero siempre estaba ahí: discordante con su herencia dorada, su perro encantador, la audaz manera en la que había llegado aquí en bote.

Tenía la impresión de que Perseo sabía ocultar muy bien su verdadero yo. Pero en esta isla, sin nadie con quien hablar más que yo, era difícil de disimular. Y Perseo siempre quería exhibirse, como si fuera un almuerzo delicioso que yo estuviera deseando comer. Era como si tuviéramos una relación comercial en el mercado de nosotros mismos y cada uno presentara su parte y embriagara al otro en un veloz intercambio de historias. Algo malo lo había expulsado de Serifos, de eso estaba segura, pero ¿qué partes de su historia había omitido?

Pensé en la espada de su bote, en cómo casi lo eclipsaba. El cautivador escudo, esas sandalias aladas. Pero lo que me preocupaba no eran esos instrumentos de guerra. Como la pirita en el lapislázuli, había algo más corrompiendo la seguridad de Perseo en sí mismo, pero yo no sabía decir qué era.

Imaginé un futuro posible: Perseo y yo caminando de la mano por la orilla, nuestros perros saltando por delante, el viento soplando entre la cabellera (o entre las víboras), y todo unido, a salvo, perfecto. U otro futuro: tal vez nos íbamos en su bote a viajar en alta mar. Otro más: dos pequeñas cunas, una casa, ovejas pastando en una colina, cenas sencillas bajo las estrellas. Otro, otro, otro: estas posibilidades me torturaban con su imposibilidad. La maldición de Atenea seguía repicándome en el oído: «¡Ay del hombre que sea lo suficientemente tonto como para mirarte ahora!». ¿Qué le sucedería a ese hombre? Si con eso simplemente pretendía herir mi autoestima, lo había logrado. Pero ¿había algo más?

En las semanas siguientes, no salí de casa. Ni siquiera me levanté de la cama. Mis hermanas lo intentaron todo: pastel de dátiles, abrazos, paños húmedos, distancia. El pulpo más fresco condimentado con limón y tomillo, asado a la perfección. Pero no podía ver un tentáculo sin que me causara náuseas. Sólo quería esconderme. Ya me habían castigado lo suficiente por ser yo misma.

Pero Atenea apareció, por supuesto.

—¿Dónde está? —recuerdo que preguntó—, ¿dónde está esa pequeña furcia? ¿Dónde está Medusa?

Al oír su voz salí de la casa a gatas, deslumbrada por la luna. Llevaba un chal y me envolví en él.

—¿Cómo te atreves? —dijo la diosa—. Profanaste mi santuario. Montar una escena así en mi lugar sagrado.

Sentí que el suelo oscilaba bajo mis pies.

—¿Montar una escena? —cuestioné—. Pero si yo… Él…

(En aquel entonces, no podía pronunciar siquiera esas palabras.)

—Confié en ti —dijo Atenea.

Esteno salió por la puerta principal, medio dormida, desperezándose, mirando asombrada a nuestra visita.

—¿Qué ocurre?

A esas alturas, Atenea desprendía un raro resplandor y me señalaba con el dedo. Lo sentí como una flecha perforándome la piel.

—Esta niña destruyó mi templo.

—Yo más bien pensaría que fue Poseidón quien lo hizo —dijo Esteno.

—Pero él no habría estado aquí de no haber sido por ella —profirió Atenea—. También vosotras sois culpables, por haber permitido que Poseidón se fijara en ella.

—¡Ay, por favor! —dijo Euríale, que había salido siguiendo a Esteno.

Supongo que la inmortalidad les daba las agallas para hablarle así a Atenea. Se conocían desde hacía mucho tiempo.

—No seas insensata, Atenea —dijo Euríale con una mueca—. Actúa con inteligencia. Tú mejor que ningún inmortal deberías entender que Medusa no tuvo nada que ver con lo que pasó en tu templo. Podríamos haberla llevado a una isla desierta y de todas formas él habría ido a buscarla.

—¿Que ella no tuvo nada que ver con eso? —exclamó Atenea señalándome—. Ella participó voluntariamente.

—¡¿Que participé voluntariamente?! —repetí, ahogándome con mi propio aliento.

—Sabías lo que estabas haciendo —me dijo la diosa—. Le hiciste una promesa. Y ahora mi templo, mi fuente, mis columnas, mis olivares… todo ha desaparecido.

—¡Yo no le prometí nada!

Atenea me miró desdeñosamente y añadió:

—Yo no estaría tan segura. ¡Veleidosos mortales! Cuando estabas en el mar le hiciste una promesa, niña, y lo que permitiste que ocurriera en mi templo…

—¿Que le hizo una promesa? ¿Que ella permitió? —ahora Euríale estaba gritando—. ¿Tú crees que organizó una cena a la luz de las velas en tu templo y le envió una invitación a esa bestia? Además, si una promesa se obtiene a la fuerza, está permitido romperla, lo sabes bien. Poseidón la intimidó, la vulneró y ahora intenta desacreditarla. Medusa no hizo más que pronunciar algunas palabras en medio de su angustia. Te pidió ayuda, Atenea. Dijiste que la protegerías. Ve a pedir explicaciones a Poseidón por esto, no a ella, o te juro por Zeus que…

—¿Qué? ¿Qué me harás? —dijo Atenea, riéndose. Euríale la fulminó con la mirada; no podía hacer otra cosa.

Todas sabíamos de qué se reía Atenea. Ella era una de las diosas más poderosas del mundo. ¿Cómo podrían intimidarla las amenazas de Euríale?

De nuevo me quedé muda frente a las discusiones de otras personas acerca de mí. Al encarnizarse la riña entre Atenea y mis hermanas, me sumí en una reflexión. ¿Había hecho algo para provocarlo, ya fuera en el bote o adentro del templo? Por supuesto que no. Detestaba la manera en que esa clase de cosas acentuaban mi inseguridad. Era extraño escuchar a una diosa equivocarse, pero no me atrevía a contrariarla por miedo a lo que pudiera hacer.

—Atenea, esto no tiene que ver con tu templo realmente, ¿verdad? —terció Esteno—. No podrían importarte menos esos ladrillos…

—Se trata del decoro y la decencia. Del respeto —dijo la diosa.

—¿Y no de la felicidad de Medusa o de su derecho a vivir en su cuerpo y caminar sin miedo alguno? No, claro. La verdad es que estás celosa, Atenea.

—¿Celosa? —respondió, carcajeándose; en cualquier otro habría sido cómico, pero no en ella. Entrecerró los ojos y su rostro empezó a enrojecerse de ira. Deseé que mi hermana se callara cuando Atenea volvió a señalarme—: ¿Celosa de ella?

—Es obvio —dijo Esteno—. Medusa es más hermosa que tú…

—¡Por favor!

—…y no lo soportas.

Esteno no debió decir eso; no debió hacerlo. Las palabras pueden herir más que el corte de una espada. Yo lo sé bien, pues he padecido ambas cosas.

Y quedó demostrado.

Al escuchar esas palabras, el rojo ardor del rostro de Atenea se tornó frío. Ahora estaba palidísima. Me dirigió la más escalofriante y penetrante mirada que yo jamás hubiera visto, en dios o mortal. Se me erizaron los vellos de la nuca. Sabía que se avecinaba algo malo y que venía contra mí.

¿Es posible que hasta las diosas permitan que esa clase de comentarios les molesten?, me pregunté.

Por lo visto, sí. Por lo visto, las diosas son como tú y como yo.

La mirada de Atenea abrasó mi piel, su furia me cubrió como si fuera un manto. Al entrar en mí su poder, la luna del confín de la Noche y la luz de luna en mi alma se eclipsaron por el tamaño de su rabia. Fueron los últimos momentos en que mis hermanas y yo pudimos considerarnos medianamente normales. Nunca más.

Aquí mis recuerdos empiezan a titubear, pues fue donde mi historia se rompió, un esqueleto de ballena pudriéndose en la orilla. ¿Cómo explicarle a Perseo lo que pasó la última vez que vi a Atenea? ¿Cómo explicarle estas serpientes que viven en mi cabeza, cómo decirle que además de una chica era una gorgona?

Sacudí la cabeza al recordarlo y las serpientes se agitaron. Eco y Calisto se desenlazaron y se menearon de un lado a otro. Me di cuenta de algo raro: me quejaba de ellas todo el tiempo, me contrariaban, y si se trataba de Perseo, pensaba que eran un enorme lastre… pero sabía que si me las quitaban, las extrañaría. Ahora eran parte de mí, ya no había vuelta atrás. Durante mucho tiempo, después de que Atenea me transformara, había deseado que Eco, Calisto, Dafne, Artemisa y las demás fueran sólo un capricho temporal de una diosa, que volvería a tener el aspecto de antes. Pero eso nunca pasó. Nada que yo pudiera suplicar o prometer me llevaría de regreso.

Pasó una mosca y Artemisa chasqueó la lengua perezosamente.

¿Y querrías regresar ahora, a pesar de todo?, dije para mis adentros.

Sí, extrañaba la luz de las estrellas en el confín de la Noche, pero ¿qué podía encontrar allí, además de una reputación injustamente hecha pedazos, además de un grupo de vecinos que me odiaba por ser hermosa y quizá más por ser una arpía, y que no estaban dispuestos a cambiar su opinión sobre mí? Aquí al menos tenía cierta libertad para deambular, para ser yo misma, sin los dimes y diretes, sin los comentarios de extraños y conocidos por igual.

Euríale tenía razón: en esta isla, yo podía respirar; en esta isla, vivíamos como queríamos. Nadie me llamaba monstruo ni me atacaba por ser demasiado agraciada. Había llegado a encariñarme con las rocas, que cambiaban de color con el movimiento del sol: de naranja claro a casi escarlata, polvo de bermellón al tacto. Sí, tenían picos, pero sus flancos eran lisos. Me encantaba recostarme sobre ellas y mirar sus tonos cambiantes.

Le había dicho a Perseo que me escondía, pero quizá no era así. Quizás había encontrado el espacio simplemente para ser.

Quizá no me había dado cuenta, pero había hallado cierta paz.

Y ahora él había dicho que me amaba. Quizá ciertas imposibilidades no eran tan imposibles, después de todo.

CAPÍTULO DIEZ

Esa noche soñé con otra mujer. Era Driana, al acecho en los pasillos de mi mente… O al menos, era una chica que pensé que era Driana, pues nunca le pregunté sobre su aspecto a Perseo. Con vestido de novia, muy sola, de pie al borde de un acantilado, llevaba en la mano un ramo de tomillo y tentáculos de pulpo. Su oscura cabellera, tan oscura como alguna vez había sido la mía, rodeaba su cabeza en una espiral perfecta. Caminaba de un lado a otro esperando a alguien. En ese momento hubo una estruendosa ráfaga de viento y su velo salió volando, convertido en vela, unido a un bote que se alejó hasta perderse en el horizonte.

Seguí el bote con la imaginación. Cuando me di media vuelta para regresar a tierra, Driana y su ramo habían desaparecido.

Cuando desperté, Esteno estaba sola, sentada a la entrada de nuestra cueva. Tenía las piernas cruzadas y las alas medio extendidas, hinchándose suavemente con la brisa. Su espalda estaba muy recta.

Si Euríale era la ejecutora en ese dúo, Esteno era la pensadora. ¡Vaya silueta a contraluz! Formas así difícilmente se verían en Serifos. Estaba tan quieta que podría haberla confundido con una estatua.

Desde el día en que nací, Esteno me había amado y protegido con una ternura a la altura de la ferocidad de Euríale. Ésta era fuerte y orgullosa, pero yo siempre sentía que Esteno entendía mejor mi miedo a ser diferente. Sabía que lo que les había dicho a mis hermanas en medio de la ira (que no sabían lo que es el amor) era injusto. Al ver a Esteno, ahora con la cabeza inclinada, me sentí muy mal. Cuando Esteno me había cuidado a mí, ¿quién la cuidaba a ella?

—¿Estás bien? —pregunté.

Mi hermana se volvió hacia mí, con los pliegues de su vestido hecho harapos abiertos en abanico sobre el suelo de la cueva, su rostro demacrado y pálido.

—Buenos días —dijo con sonrisa tímida—. ¿Otra pesadilla? No dejabas de dar vueltas.

—¿Dónde está Euri?

—Salió.

—¿Adónde?

—A volar...

Eran tan inusuales en ella esas respuestas evasivas que sentí una punzada de miedo en el estómago.

—Ven aquí —dijo Esteno con dulzura y la obedecí como si tuviera cuatro años. La mitad de mi mente estaba con ella y la otra mitad, afuera de la cueva, preguntándose adónde habría ido Euríale. Esteno me hizo una seña para que me sentara.

—Mi amor, ¿qué tienes? —preguntó.

—Nada, estoy bien.

—No sé si eso sea cierto —dijo y levantó una mano cuando hice ademán de quejarme—. Sé que la vida no siempre ha sido fácil para ti, Medusa. Seguramente extrañas algunas cosas… cosas que te preocupa no llegar a tener jamás.

—No extraño nada —contesté, cruzando las piernas a su lado, sintiendo el calor del suelo, ya a esas tempranas horas del día.

Mi hermana apartó la mirada.

—Cuando cenamos, te noto ausente —dijo en voz baja—. Y luego tuviste ese sueño con… Poseidón.

—Esteno, fue sólo un sueño. Así se vacía la cabeza al final del día.

—Pero ¿por qué está otra vez en tu cabeza? Ésa es la pregunta. Tú sabes que nunca es sólo un sueño. Significa algo.

Pensé en Driana postrada en el acantilado con su velo ondeando hacia el mar.

—Los sueños son sólo sueños —dije—. No significan nada.

Esteno torció el gesto.

—A veces pienso que no deberíamos haber venido. Deberíamos habernos quedado en el confín de la Noche. Al menos, allá había vida. Había otras chicas… —titubeó— y chicos.

—No les gustaba a ellos antes de que Atenea me transformara y por supuesto que no les habría gustado después.

—No puedes saberlo.

—¿Acaso vivíamos en la misma aldea, o no? —dije y Esteno rio con tristeza—. Aquí hay suficiente vida, hermana —continúe—. Créeme.

—Pero para Euri y para mí es distinto —respondió—. Tenemos… todo de la vida —hizo un gesto moviendo el brazo hacia afuera y oí el seco susurro de sus plumas—. Sólo se vive una vez y tú pasas toda la vida aquí.

—Hicisteis lo que teníais que hacer. Todas lo hicimos.

De repente, Esteno se arrodilló, me puso las manos a ambos lados del rostro y me miró fijamente a los ojos. Hacía mucho tiempo que no nos mirábamos verdaderamente y recordé que sus ojos eran mucho más azules que los de Euríale, además de que tenían motitas doradas y turquesa. Podría haberme sumergido en los ojos de Esteno y sentirme para siempre a salvo, pero había aprendido por las malas que ni siquiera ella podría protegerme del todo. Esa verdad me paralizaba y, a la vez, me liberaba.

—Medusa, prométeme que no harás nada que te ponga en peligro —dijo, como si me hubiera leído la mente.

—Nunca lo haría —respondí y sostuve su solemne mirada—. Soy feliz aquí. En serio.

—Medusa, ¿hay algo que no me estés contando?

El estómago me dio un vuelco.

—¿Qué te hace pensar eso?

—¿Por qué eres feliz aquí? —preguntó—. ¿Qué hay en esta isla yerma que pueda hacerte feliz?

—Estar contigo, estar con Euríale.

Me miró dudosa.

—Euríale tenía razón. Estos últimos días te has comportado de forma diferente.

—Estoy bien.

—Medusa, si alguna vez llegara a haber alguien... un chico, por ejemplo...

—¿Y por qué llegaría a haber un chico?

—Si alguna vez lo hubiera, no debes negar nunca quién eres ni fingir ser la mujer que crees que él querría que fueras. Estarías recorriendo un camino solitario hacia ningún lugar —me quedé mirándola—. Si de verdad le gustas, Med —prosiguió Esteno un poco ansiosa, pasándose un puñado de grava entre los dedos, enternecida con su tema de conversación—, él te aceptará como eres y se considerará afortunado de conocerte.

—Lo tendré presente.

Esteno soltó la grava y batió las alas.

—¡Ay, qué sentido tiene andar de puntillas! Medusa, lo sé.

—¿Qué es lo que sabes?

—Tengo ojos, Med. No estamos en Atenas, estamos en una isla desierta. Una pequeña isla desierta.

—¿Y?

—Y si un bote echa amarras en la caleta, lo veré. Y me preguntaré quién llegó navegando en él. E investigaré.

Me quedé sin habla. Ante mis ojos se sucedieron visiones de Euríale amarrando a Perseo por haberse internado en nuestra propiedad y arrojándolo a su bote para no volver a verlo jamás.

149

—Y percibiré los cambios en mi hermana —continuó Esteno, interrumpiendo las catástrofes que brillaban intermitentemente como luciérnagas en mi campo visual—. Sus sueños, su sonrisa secreta, el hecho de que esté enamorada.

Nos quedamos en silencio. El alivio de contar la verdad, de compartir esta realidad, era demasiado tentador.

—Lo siento, Esteno —susurré—. No era mi intención. Yo no lo invité.

—No estoy disgustada, mi amor —dijo Esteno—. ¡No te atrevas a disculparte! Ya lo has hecho bastante en la vida.

Sentí cómo se me agolpaban las lágrimas. El corazón de mi hermana era más grande que el monte Olimpo. Me rodeó el hombro con el brazo.

—Tengo razón, ¿verdad?

—Sí.

—¿Quién es?

—Es Perseo.

—Así se llama, pero ¿quién es?

En ese momento, me di cuenta de que no tenía mucho que contarle. Por supuesto, sentía que conocía a Perseo. Había hecho de él una combinación entre un chico real y las fantasías que no podía evitar crear en la mente, como si fuera una diosa y mi vida un lienzo celestial. Pero lo cierto era que, frente a una pregunta así, sencillamente casi no sabía nada de él.

No fue un descubrimiento agradable. El pequeño mundo que Perseo y yo habíamos construido juntos, ahora, frente a la mirada escudriñadora de un extraño, incluso un extraño tan benévolo como mi hermana, parecía insustancial.

—¿Euríale sabe de él? —pregunté sin poder disimular el pánico en mi voz.

—No, no te preocupes. Yo vi su bote y luego a él un día que venía volando de regreso. Euríale no lo vio. Tuviste mucha suerte. Empujé el bote un poco más adentro de la caleta. Ella no se enterará.

—Por favor, Esteno, te lo suplico, no se lo digas. No le hará ninguna gracia.

—Sé que no le hará ninguna gracia —dijo Esteno—. Pero dime, ¿qué está haciendo Perseo aquí?

—Está… viajando. Viendo un poco de mundo, ya sabes.

—Ah, qué afortunado —dijo Esteno, suspirando—. Así que llegó aquí… ¿por pura casualidad?

—Estaba perdido.

—Entiendo —mi hermana me miró detenidamente—. No sabe mucho de ti, ¿verdad? ¿Has estado ocultando eso? —dirigió la mirada a mi cabeza.

—Bueno, no se me ocurrió que decir: «Hola, estoy en un exilio voluntario y, por cierto, tengo la cabeza llena de serpientes» fuera la mejor manera de iniciar una conversación.

A Esteno no le provocó risa mi comentario.

—Pero ¿te gusta? Es decir, ¿te gusta de verdad?

—Sí, creo que sí.

—¿Y tú a él?

—Creo que sí. Al menos, lo que sabe de mí.

Esteno llevó la mirada hacia el horizonte invisible que se escondía tras la roca de entrada.

—Ya sabes que se lo tendrás que decir y él tendrá que saber lidiar con ello —luego, con desacostumbrada ferocidad—: Tendrá que estar a la altura.

—Lo sé —dije.

—Hablo justo de eso, Med. No creo que lo sepas. No creo que sepas realmente lo que eso significa. Si tienes que contorsionarte como tus serpientes para que él llegue a verte realmente, si tienes que cercenarte alguna parte de ti, o esconder tu corazón y tu mente, tu ser entero, para atraerlo, entonces vivirás como una mendiga en el cuerpo de una reina.

—Pero, Esteno, ¿por qué podría yo gustarle?

—Eres alguien por quien vale la pena morir, Medusa. Eres maravillosa. Eres la mayor dicha de mi vida.

—Esteno...

—Quiero un hombre que te trate como si su felicidad hubiera encontrado un hogar.

—¡No soy tan especial!

—No quiero volver a oírte decir eso jamás. Todo el mundo desea ser amado. La gente nunca ha sido lo bastante amable contigo, Med, nunca. Han sido celosos y mezquinos, y luego crueles y moralistas, y siempre has creído lo que decían sobre ti. Por eso no quiero que el primer pretendiente te rompa el corazón.

—¿Quién dice que me romperá el corazón?

—Que un hombre sea amable ahora no significa que vaya a serlo siempre.

—Entonces, ¿qué quieres que haga, Esteno? ¿No probar nunca algo dulce porque podría amargarse en el futuro? ¿Cómo se puede vivir así?

Se puso de pie y se dirigió al aire libre.

—Si me quitara estas alas ahora, lo aborrecería. No me sentiría yo. Por eso no las ocultaría por ningún hombre. Un hombre que de verdad te ame, también amará esas serpientes.

—Sé que quieres protegerme —dije—, pero ahora debo tomar mis propias decisiones. No soy una niña.

Esteno empezó a elevarse del suelo y a volar sobre mí en círculos.

—Pero en algún lugar dentro de ti sigue habiendo una niña pequeña, yo la veo. Y sé que quiere ser vista.

—No.

—¿Crees que cuando creces te despojas de tu antiguo yo tal como las serpientes de sus pieles, desechadas y olvidadas para siempre? No. Hay días de mi infancia que los siento como si hubieran ocurrido ayer. Sé que cargas tu dolor contigo; sé que te dan miedo tus serpientes.

—Esteno, mira mi cabeza. Mi infancia podría pertenecer a otra persona.

Se elevó más alto por los aires con los brazos cruzados.

—Todas hemos cambiado, Medusa, pero yo sigo siendo tu hermana. Y quiero que te cuides antes de que esto vaya demasiado lejos. Si confías en él, háblale de las serpientes.

—Olvidas algo. Recuerda lo que dijo Atenea: «¡Ay del hombre que sea lo suficientemente tonto como para mirarte ahora!».

Esteno se encogió de hombros.

—Pues tendrá que correr ese riesgo. A veces, ser un tonto tiene su compensación.

Me sentía con el ánimo por los suelos.

—Prométeme que no se lo dirás a Euríale. Prométemelo.

Pero para ese momento mi hermana querida había extendido los brazos y batía las alas con fuerza contra el viento, elevándose más y más sobre las cuevas hacia el horizonte azul.

Por mucho que declaré que mi antiguo yo estaba muerto y que yo había cambiado, la conversación con Esteno resonaba dentro de mí mucho después de que se fuera volando. Creo que protesté tanto porque sabía que mi hermana estaba diciendo la verdad.

Quería ser vista, quería amor: con mis condiciones, como la persona que era verdaderamente, con mis serpientes y todo. Y ella también me había recordado que admitir que deseaba eso no era ninguna debilidad. Si eso es lo que se quiere, es perfectamente natural. Ninguna mujer es una isla… a menos que un grupo de extraños la haya forzado a eso.

Decidí que cuando volviera a ver a Perseo le contaría la parte de mi historia que más miedo me daba revelar, aún más que lo ocurrido con Poseidón en el templo.

Le contaría cómo Atenea me había transformado, cómo estas serpientes que se retorcían en mi cabeza no eran una situación temporal, sino algo intrínseco a mi alma, a mi espíritu, a mis días y a mis noches. Le contaría que mi verdadero nombre apenas rozaba quién era yo. Y lo había prometido, ¿no? Confiaba en él. Había hecho la primera promesa que quería cumplir de verdad.

Y cuando se lo contara todo, entonces él vería.

CAPÍTULO ONCE

Más tarde, ese mismo día, Perseo y yo estábamos sentados en nuestro sitio habitual, en lados opuestos de la roca de entrada. La tarde estaba tranquila, el mar más allá del acantilado tenía un aspecto tan vítreo como un espejo y no reflejaba más que el eco de un cielo despejado.

—¿Te gusta vivir en una cueva? —preguntó Perseo de repente.

Pensé en la pregunta. De noche, la cueva podía estar húmeda, pero era espaciosa, y las rocas formaban hermosos dibujos cuando la luz de la lumbre se proyectaba sobre ellas. Con todo, extrañaba mi viejo hogar. Se lo dije.

—Podrías construir una casa aquí, con esta vista —dijo—. O yo podría hacerlo.

Reí.

—¿Alguna vez has construido una casa?

—No, pero siempre hay una primera vez. Imagínatela: una casa bonita, encalada, con cuartos separados, un pozo en el jardín y un techo resistente. Podrías plantar árboles frutales y arbustos aromáticos.

—Pero ¿qué harías después de haber construido la casa? —pregunté—. ¿Te quedarías en ella?

—Si me dejaras, sí. Podría ser… tu inquilino.

—¿No extrañarías a tu madre?

—Ella también podría vivir aquí.

Tuve que reírme otra vez. Perseo quería que su madre y yo existiéramos en el mismo ámbito, pero nos separaba algo más que un océano. Era poco probable que Dánae quisiera a una nuera con serpientes en lugar de cabello, por mucho parecido que hubiera en el trato que nos habían dado unos dioses poderosos. Perseo quería las cosas pulcras, organizadas, controlables, y yo era todo lo contrario a eso.

Recordé las exhortaciones de Esteno: que aceptara mi verdadero yo, que esperara a que Perseo hiciera lo mismo.

—Está bien —dije—. Tu madre es bienvenida. Cobro poco de renta.

No rio.

—¿Perseo? Era una broma.

—Sí, lo sé, disculpa. Es que… hablar de ella me recuerda que hace mucho que no la veo. No sé qué pudo haberle hecho Polidectes. Y si regreso con las manos vacías, me enfrentaré a la pena de muerte.

—¿Con las manos vacías?

Suspiró.

—Ya sabes, la misión que tengo que llevar a cabo.

—Sí.

—Nunca quise aceptarla. Polidectes me sacó del palacio para poder acercarse a mi madre. Y yo, aquí, navegando, paseando, sentándome en las rocas, cuando a estas alturas ella ya podría ser su esposa. O podría incluso estar muerta.

A Perseo le temblaba la voz. Lo que más quería en el mundo era rodear la roca y estrecharlo entre mis brazos, pero seguía teniendo mucho miedo. Volví a recordar la insistencia de Esteno en que Perseo debía conocer mi verdadero yo para poder confiar en su amor. Pero ¿cómo encontrar las palabras para decírselo? ¿Cómo iniciar esa conversación?

—¿En qué exactamente consiste tu misión? —pregunté con tacto, mientras me atrevía a acercarme sigilosamente a su lado de la roca.

—Tengo que salvar a mi madre —dijo Perseo. Para mi sorpresa, se puso a llorar.

—Oh, Perseo, la salvarás. Te lo prometo…

—No entiendes —dijo—. Nadie lo entiende.

—Te ayudaré, Perseo, te lo prometo. ¿Qué tienes que hacer para salvarla?

Me acerqué aún más, hasta que la mitad de mí estaba de su lado, él aún de espaldas a mí.

Perseo se quedó callado unos momentos. Encorvó los hombros y pude ver los finos vellos de su nuca. Respiró muy hondo, temblando un poco.

—Mi misión es cortar la cabeza de la Medusa.

Todos tenemos momentos en que miramos atrás y nos preguntamos si hicimos lo correcto; si, de haber dicho o hecho algo diferente, habríamos conseguido un mejor resultado. Casi todos los días de mi vida he pensado en los momentos que vinieron después de que Perseo pronunciara esas palabras. En cómo todo empezó a aclararse, en cómo no parecía haber nada que pudiéramos hacer para detenerlo.

No recuerdo exactamente el orden en que ocurrió todo, pero sí me acuerdo de haber retrocedido a la seguridad de la roca y recostarme en ella, en busca de que esa estructura natural me diera un apoyo que en mí no podía encontrar. Mi respiración era muy superficial, leves sollozos ahogados en la garganta, como si Atenea hubiera puesto las manos alrededor de mi tráquea y estuviera apretando con fuerza. La sangre pareció bajar a la mitad inferior de mi cuerpo. Me sentí mareada, etérea, con mis serpientes camino a evaporarse y, sin embargo, como si mis pies estuvieran hechos de barro.

La Medusa. ¿Qué quería decir con eso de la Medusa?

Yo me llamaba Medusa y era una chica. Perseo lo había dicho como si yo fuera una bestia mitológica. Yo no quería ser un mito: quería ser yo. *Y pensar que estabas por pasar al otro lado de la roca y revelarte*, recapacité.

—¿Merina? —exclamó Perseo. Su voz sonaba muy lejos, como si hablara desde el otro extremo de un túnel.

Yo no podía responder, no podía pensar con claridad.

Recuerdo que en ese momento no me sentía en peligro. Pensaba estar a salvo, porque Perseo aún no sabía nada de mis serpientes.

—¿Sí? —respondí con voz extraña, entrecortada.

—¿Estás bien? No quise asustarte al hablar de la Medusa.

En otras circunstancias, podría haberme reído. La ironía era tan deliciosa que podía saborearla hasta la médula.

—¿Qué es la Medusa? —conseguí decir.

Mi siguiente pensamiento fue: *¿Perseo lo sabe? ¿Es esto un juego? ¿En cualquier momento pasará a este lado de la roca?*

—¿No has oído hablar de ella? —preguntó.

—He estado cuatro años en esta isla, Perseo —dije resollando—; estoy atrapada aquí.

—Claro, imagino que las noticias no llegan hasta aquí. La Medusa es un monstruo. Es horrorosa. Tiene la piel asquerosa. Desayuna lagartijas.

—¿Que desayuna qué?

—Lagartijas.

—Eso es ridículo —dije.

—¡Es cierto! Y dicen que tiene la cabeza llena de serpientes. Es repulsiva.

Dafne, Calisto, Artemisa, Eco y las otras serpientes de mi cuero cabelludo se irguieron y empezaron a retorcerse molestas. Las sujeté con los brazos y retrocedí aún más dentro de mi cueva.

—¿Conoces a alguien que la haya visto? —le grité.

—Nadie la ha visto —gritó en respuesta.

—Entonces, ¿cómo sabes que es tan repulsiva?

—Todo el mundo lo dice, Merina. Y acabo de mencionarte que tiene la cabeza cubierta de serpientes. ¿No te parece suficientemente repulsivo?

—Pero si nadie la ha visto, ¿cómo sabes siquiera que es real?

—Justamente por eso Polidectes me mandó a buscarla, porque no quiere que yo vuelva nunca —dijo Perseo; hablaba cada vez más alto por el enojo—. Por eso tengo que encontrarla, cortarle la cabeza e irme a casa.

—No tiene sentido lo que dices, Perseo. ¿Cómo puedes cortarle la cabeza a algo que no es real?

—Por Zeus, Merina, ¡no lo sé! Por eso estoy tan deprimido. Nunca llegaré a casa. Pero tengo que seguir creyendo en el monstruo y algún día lo encontraré y le cortaré la cabeza.

Me dejé caer en la pared de mi cueva; el corazón me latía con fuerza. La cabeza, aún firmemente unida al cuello, me daba vueltas. Caí de rodillas y me puse a cuatro patas.

Era famosa y no tenía ni idea. Se conocía mi nombre desde Océano hasta la ciudad de Perseo, Serifos. ¿Cómo había pasado eso? ¿Alecto y Leodes, sus lenguas perversas? ¿Pasaban peregrinos por nuestra aldea y preguntaban por qué estaba vacía aquella casa de la colina y quién vivía ahí antes? Bueno, nunca lo sabremos…

No, ningún mortal podría viajar tan lejos, pensé.

Tenía que ser obra de Atenea.

Atenea es una arpía.

—¿De verdad crees que podrías cortarle la cabeza… si algún día la encontraras? —pregunté.

No podía creer que estuviera teniendo esta conversación.

—Sí, si eso significa que puedo salvar a mi madre —contestó Perseo.

Me deslicé hacia la grava del suelo de la cueva y me acosté de lado. Por supuesto que eso había sido mucho pedir. Siempre había sabido que en el interior crecen cosas nuevas de las semillas de la pérdida, pero no esperaba que mi pérdida fuera tan inmediata. No sabía cuán intenso es el dolor cuando la esperanza se desvanece.

—Perseo —dije, a punto de estallar en llanto, con las palabras saliendo de mi boca antes de poder detenerlas—: En toda mi vida, el único hombre que he querido que me vea has sido tú.

—¿De qué hablas? Tu voz suena rara. ¿Estás bien? Merina…

—Déjame hablar, Perseo. Te estoy contando una historia.

Me incorporé y caminé hacia la roca de entrada, me detuve frente a ella sin alejarme de mi lado de la cueva.

—A veces, la vida parece una serie de preguntas interminables que en realidad no quieres responder. Y puedes vivir así durante un tiempo. Durante un tiempo puedes hacer oídos sordos a la voz que emana de tu interior. Puedes fingir que eres alguien que no eres. Puedes fingir que tus pensamientos o tus sentimientos no son reales.

—Merina, ¿de qué estás hablando?

—Pero no puede durar. Mis hermanas lo sabían. Tú te diste cuenta en la corte de Polidectes y, ahora, yo también lo sé.

Es cierto: cuando la piel bajo la máscara empieza a escamarse, te la tienes que quitar. Antes de convertirte en alguien a medias. Y no hay vuelta atrás. El tiempo no funciona así.

—No soy Merina —dije, y una levedad cantó a través de mí.

Escuché un alarido de desesperación en medio del océano y supe que era Poseidón, furioso de que no me dejara acobardar. Sentí como si mi cuerpo y el agua volvieran a ser uno, como si Atenea me hubiera convertido en delfín. Cerré los ojos y vi una estrella de mar, su mano extendida como dándome una vieja bienvenida, pero cuando me estiré para estrecharla, mi palma no encontró más que aire.

—No soy Merina —volví a decir— y nunca lo he sido.

—¿No eres Merina? —repitió Perseo, y pude detectar el pánico en su voz.

—Cumpliste tu promesa, Perseo. Ahora yo debo cumplir la mía.

—No entiendo…

—Soy la chica a la que buscas —dije.

—Ya lo sabía, desde la primera vez que hablamos…

—No, Perseo. Soy aquello que estás buscando. Soy la Medusa.

Hubo un silencio.

—¿Qué? —exclamó al fin.

—Perseo, soy Medusa. Tu monstruo soy yo.

CAPÍTULO DOCE

Y luego vino un silencio más largo, el más largo de mi vida.
Por primera vez en cuatro años había dicho mi verdadero
nombre en voz alta. Por primera vez en la vida, le había contado a
alguien lo que me había pasado, no sólo en el templo de Atenea,
sino todo: mi vida hasta ese momento, con todos sus dolores y sus
maravillas. Era lo más difícil que había hecho e incluso entonces
sabía que no había terminado, que mi historia apenas comenzaba.
Mi nombre estaba en el aire y ya no le tenía miedo. Esteno tenía
razón: era una sensación reconfortante.

El cielo más allá de la cueva era de un azul despejado y brillante; oí las olas debajo de nosotros, la incesante música del mar: mi
mar, no el que Poseidón creía de su propiedad. Sentí las plantas de
los pies firmes sobre la tierra tibia. Sentí mis serpientes, ligeras y
tranquilas. Esperé a que Perseo hablara. Estaba deseando que dijera algo: era su turno.

Pasaron varios minutos. Oía su dificultosa respiración al otro
lado de la roca. Seguía sin decir nada.

—¿Perseo? ¿No vas a decir nada? —pregunté.

—Tú… yo… No puedes ser la Medusa —susurró y, aun con la voz tan baja, percibí que se le quebraba.

—Yo soy Medusa —dije.

—No —respondió.

—¿Cómo puedes no creerme, si yo he logrado unirnos en la verdad? ¿Sientes su sabor? Dime que sí.

—Sí, siento su sabor —dijo Perseo con pesadez.

—Entonces, ¿crees lo que te he dicho sobre Poseidón y Atenea?

—Sí —su voz sonaba ronca y asustada. ¿Cómo podría estar asustado si nos habíamos tomado tan fuerte de las manos?—. Pero tú no puedes ser ella —prosiguió, febril—. Tú no puedes ser ella.

—Puedo serlo y lo soy.

—Mi madre necesita… —empezó.

—Tu madre es como yo —dije.

—¡No hables de mi madre! Mi madre no es un monstruo —gritó, y cuando hubo pronunciado estas palabras, su voz se quebró por completo. Sentí cómo mi confianza en él se escurría como un pez por una red mal tejida. No dije nada. No iba a justificarme de nuevo. Hice a un lado el pequeño nudo de miedo que crecía en mis entrañas. Sentí a Eco y Artemisa empezar a removerse nerviosas. Las tranquilicé, manteniendo la mirada en el horizonte, la tibieza en las plantas de los pies… Y en ese momento, oí a Perseo alejarse corriendo de la roca de entrada, sus pasos perdiéndose en otra clase de silencio. Estaba sola; sólo mis serpientes y yo.

¿Qué sentí en ese momento? Esteno me había dicho que pusiera a prueba a Perseo, sólo que no me había dado cuenta de que también me estaba probando a mí. Pero mientras yo sostenía un incipiente brote de conocimiento de mí misma, empezaba a tener la impresión de que Perseo había fallado. Él no podía concebir, como yo, estas dos realidades, y sentí pesar, irritación y, extrañamente, un poco de alivio: *Al menos ahora lo conozco. Él vino aquí por la promesa de una cabeza cercenada*, pensé con tristeza.

Ya no estaba en la oscuridad. Perseo había venido, no en busca de amor o amistad; no era la odisea de un hombre joven yendo de una isla a otra. Un destino manchado de sangre y el deseo de proteger a su madre lo habían llevado a vagar por las aguas. Ahora, deshecho, confundido, corría de regreso a su bote.

A pesar de todo, yo mantenía la esperanza. No quería perderlo, aunque él se estuviera perdiendo a sí mismo. Imaginé al rey

173

Polidectes mandando a Perseo hacia el horizonte infinito, suponiendo que nunca volvería a ver a su joven enemigo. ¡El rey se dio a sí mismo el regalo de bodas perfecto! Imaginé a Perseo en el puerto de Serifos, apenas con la oportunidad de despedirse de su madre, y a Dánae abrazando a su hijo en silencio, sabiendo que no bastarían las palabras para protegerla de las insinuaciones del rey. Vi esa espada gigante al lado de su hijo, brillando desde la empuñadura; Perseo caminando por el embarcadero; Driana, en el puerto, con las manos vacías, mientras se alejaba llorando.

Yo estaba exhausta. Sabiéndome sola, caminé al otro lado del arco de piedra, hacia la orilla del acantilado, esperando ver a Perseo desplegar las velas y levar el ancla, pero no vi nada más que agua. Parte de mí quería bajar a la orilla y hacer que me viera en mi serpentina gloria. Otra parte de mí no quería. No quería perseguir a alguien que ya había huido. Tenía a mis serpientes y tenía mi dignidad, y, por primera vez, me di cuenta de que no veía la diferencia.

El sol estaba poniéndose; pronto llegarían mis hermanas. Esperé el anochecer caminando por la cima de los acantilados, mirando desteñirse el horizonte. ¡Pensar en gente de tierras remotas que hablaba de mi cabeza como un trofeo para llevar arrastrando a casa! Debo decir que la sensación me resultaba casi familiar.

No sabía qué haría Perseo a continuación; eso era lo malo. ¿Y qué sería peor: verlo partir y abandonarme para siempre o verlo enfrentarme con la espada en alto? Antes de ese día, una versión distinta de mí habría dado la bienvenida a mi propio asesinato: un final, al menos, a las miradas escudriñadoras y a los castigos, a la incomodidad de vivir en este cuerpo. La muerte habría sido una escapatoria. Perseo recuperaría a su madre y yo obtendría la paz. Acaso los dioses estarían finalmente satisfechos.

Pero ya no deseaba mi muerte; no había venido tan lejos para morir. Muy en el fondo de mi corazón sólo quería que Perseo hiciera lo que Esteno había dicho: que viera quién era yo: no un mito, no un monstruo, sino una chica de dieciocho años que no era capaz de cocinar el estofado de pulpo como es debido y que adoraba a su perro. Quería que Perseo no tuviera miedo de amarme. Intenté desterrar de mi mente la advertencia de Atenea. Si Perseo me amaba, quizá podría aprender a amarme yo también, y eso era lo que la diosa temía.

Pero Perseo no vino esa noche a mi cueva. Tampoco se fue de la isla. Observé el promontorio, mucho después de que nuestra

175

fogata nocturna se hubiera extinguido y Esteno, Euríale y Argentus estuvieran profundamente dormidos. Me mantuve en vela, con la antorcha levantada, al borde del acantilado. Abajo no había movimiento. Yo era una centinela sin nada que vigilar.

Al día siguiente, me levanté tarde y como nueva. Cosa rara, había dormido muy bien: ningún sueño, sólo inconciencia, puro agotamiento. Cuando abrí los ojos, el sol afuera de la boca de la cueva estaba muy alto y mis hermanas no se veían por ningún lado. Quizás habían notado lo absorta que había estado en mis pensamientos la noche anterior y quisieron dejarme tranquila. Sabía que Esteno no le había hablado de Perseo a Euríale, porque de otro modo ésta se habría puesto furiosa. Mi secreto estaba a salvo por el momento, pero el instinto me decía que no por mucho tiempo más.

Tenía razón, claro. Siempre hay que escuchar al instinto.

Me estaba lavando la cara cuando oí el ruido metálico de una armadura. Cuando fui a mirar, Perseo estaba subiendo trabajosamente por el acantilado. Llevaba el casco, el escudo, la espada, las sandalias. Estaba volviendo a mí, equipado para la guerra. *¿Eso es todo?*, pensé. *¿Es más fácil el amor cuando uno de los dos ya no existe? ¿Es más fácil mantener una fantasía que una realidad vestida para matarte?*

Escondida detrás de una roca, con el pulso aceleradísimo, rígidas mis serpientes, observé a Perseo caminando en lo alto del acantilado. Su paso era resuelto, pero su brillante cabeza estaba abatida. Él no quería que llegara este día... aunque lo había esperado tanto.

Me quedé paralizada. ¿Correr hacia él o salir huyendo? Antes de que pudiera tomar la decisión, Perseo se paró en seco, tiró la espada y el escudo, cayó de rodillas. Se llevó las manos al rostro y no pude ver si estaba haciendo una ofrenda a los dioses o secándose las lágrimas. Nunca lo sabré. La posición de Perseo era la de siempre: demasiado lejos de mí.

Supongo que podría haber salido corriendo por el terreno, bajar por un sendero oculto, encontrar otra caleta donde esconderme,

huir a nado hasta que mis hermanas me vieran y me llevaran a un sitio seguro. Pero al verlo levantar de nuevo la espada lentamente y llevar ese escudo por el acantilado, me di cuenta de que ya no estaba dispuesta a seguir corriendo. Me había pasado casi toda la vida corriendo para salvarme. No tenía ni idea de lo que ocurriría, pero confié en que lo que sucediera estaría bien. Los dioses nos habían unido y, en una lógica retorcida, eso era algo que yo deseaba. Había llegado la hora de la resolución. El verdadero conocimiento de mí misma. Sin miedo.

Para entonces, Perseo ya caminaba por el sendero que iba directo a mi arco de piedra, con ese escudo en forma de luna frente a él. Orado iba ladrando y dando saltos detrás, como si estuviera inquieto por las decisiones de su amo.

En ese momento no pude sino pensar en la advertencia de Atenea: «¡Ay del hombre que sea lo suficientemente tonto como para mirarte ahora!». No sabía qué había querido decir la diosa, pero en todo caso, no quería hacerle daño a Perseo. Pensé en su madre… No quería ser el motivo del dolor de otra persona. Tomé mi decisión y corrí de regreso a mi cueva.

—Perseo —lo llamé—, vuelve a casa. Vete de aquí, por favor.

No se detuvo: lo oía aproximarse.

Y luego, silencio: sabía que estaba afuera de la roca de entrada. Oí el sonido metálico de su espada al rozar el escudo.

—Los amigos no se dicen mentiras —dijo Perseo. Su voz sonaba como nunca antes: extraña, anodina. No era la voz de un héroe. No era la voz de un amigo.

—Yo nunca mentí —dije—. Te dije la verdad. Absolutamente toda la verdad. Eres la única persona a la que se lo he contado. Creo que el problema es que sabes que te estoy diciendo la verdad.

En ese momento, se reanudaron las pisadas; horrorizada, me di cuenta de que Perseo estaba entrando por el arco e iba en dirección a mi cueva.

—¡Perseo, vete! No creo que sea seguro para ninguno de los dos.

Mis serpientes se agitaron; se enrollaban y desenrollaban, ondulando desaforadas, siseando fuerte, mordiéndose la lengua unas a otras, con los colmillos completamente expuestos.

—¡Puedo escuchar sus víboras! —gritó, como si yo no estuviera ahí—. Ay, dioses, dioses, ¡es cierto!

—Perseo, por favor —dije—. No soy un monstruo. Mis serpientes no son malas. Mira, ella es Calisto, esta otra es Dafne…

—¡Qué me importa cómo se llamen!

—Perseo —dije con voz firme como una roca—: Hacerme daño no salvará a tu madre.

—Te dije que no hablaras de mi madre —dijo, y lo oí acercarse—. Confié en ti.

—Y yo confié en ti, pero mira quién tiene una espada en la mano.

—Y pensar que te conté todo sobre ella, sobre mí…

—Y yo lo agradecí, Perseo. Eres la primera persona a la que le he hablado así en toda mi vida. No sé qué pasará ahora, pero temo que no sea bueno. Tienes que irte. Ya te lo pedí, ahora te lo ordeno. Por favor, vete. No te acerques.

Pero Perseo no me hizo caso y se adentró aún más en mi cueva, arrastrando la espada sobre la grava. Lo oí tropezar con el escudo y maldecir entre dientes. Retrocedí aún más, y él siguió avanzando.

—¡Perseo! —grité—, ¡tira esa espada!

—No me puedo ir de aquí sin ti —dijo.

—Sí puedes.

—¡Muéstrate!

Me quedé oculta entre las sombras.

—No quiero, Perseo. Ahora ésta es mi casa. Eres tú el que puede irse. Atenea me echó una maldición a mí, no a ti.

—¿Tú crees que quiero esto? —preguntó.

—Tal vez sí —contesté—. Nadie te impide regresar a tu bote.

—Mi madre…

—Atenea me obligó a tener estas serpientes en la cabeza, tal como Poseidón me obligó, tal como Polidectes obligó a tu madre. Perseo, abre los ojos. Yo sólo quiero vivir, sólo quiero ser yo misma.

—Te dije que no hablaras de ella.

Algo se rompió dentro de mí.

—Hablaré de ella todo lo que quiera y si crees que no me defenderé es porque las tribulaciones de tu madre no te enseñaron nada.

Mis serpientes empezaron a sisear aún más fuerte; se levantaban como si quisieran salir volando de mi cabeza y envolverse alrededor de la de él.

—Los ruidos de un monstruo y también sus palabras. Oh, Hades —su voz sonaba como si fuera a romper en llanto.

Pudo haber sido diferente si no hubiera hablado de la madre de Perseo, pero cuando invoqué a Dánae para pedirle misericordia a Perseo, él se olvidó de mi dolor y pensó únicamente en el suyo. Dio otro paso hacia la semioscuridad. Con un gran esfuerzo levantó la espada. La muerte vibró en el aire.

—Sal de tu escondite. No me obligues a ir por ti.

—Ni siquiera sabes usar la espada —respondí con pánico creciente. Artemisa prácticamente estaba mudando de piel en un intento de escapar de mi cabeza—. He visto cómo la empuñas.

—Sé cómo usarla.

—Perseo, tú conoces mi verdadero yo —dije, mi aliento atrapado en mi pecho—. La chica con la que has conversado estos últimos días. Dijiste que era la única chica con la que podías hablar...

—¡Cállate, Merina! Digo, Medusa. ¡Cállate!

Su miedo era palpable.

—Perseo —supliqué—, tú y yo nos gustamos; podríamos brillar juntos...

184

—No quiero brillar contigo. Sabías que esto era imposible, pero me tomaste el pelo. ¡Podías haberme matado!

—¿Qué? ¿Cómo podría haberte matado? Vete, Perseo. Ya te lo pedí, ya te lo ordené, ahora te lo suplico. Vete.

No se fue: lo oí acercarse aún más.

—Sabes que no puedo —dijo con tono cansino—. Te conté mi historia: por qué me tuve que ir, por qué estoy aquí.

—Tú nunca me harías esto —grité—, sé que no lo harías.

Perseo volvió a levantar la espada y la blandió en el aire.

—No, Medusa. No te dejaré.

Había encontrado el fondo de la cueva, donde yo estaba escondida. La punta de la espada me abrió la piel del brazo. Fue un relámpago en la sangre que despertó algo en mí. Perseo, cubriéndose con el escudo, venía por mí. Él quería que todo esto terminara.

Lancé una patada y golpeé el borde del escudo. Subestimé mi fuerza y Perseo se tambaleó y cayó hacia atrás. El escudo rodó a un lado, como una luna tirada en el suelo, y él quedó expuesto. Por primera vez en cuatro años, yo también. Mis serpientes se extendieron para formar un halo profano de escamas y colmillos, una reafirmación multicolor del poder serpentino.

A pesar de su caída, Perseo aún tenía la espada en la mano y con el brazo libre se cubría el rostro. Se puso de pie y avanzó sin mirarme, agitando la hoja de un lado a otro. Verlo así fue el colmo para mí. Me abalancé y agarré la punta de la espada con las dos manos. Perseo jadeó, aturdido. Forcejeamos, y pude haber perdido los dedos, pero lo único que quería era arrojarla a un lado, sacar a Perseo de mi cueva y mandarlo en su bote de regreso con su madre.

—¡Ya basta! —dije conteniendo las lágrimas—, lo único que tienes que hacer es irte.

—No, no me iré.

—¿Estás loco? ¿De verdad estás tan loco?

Como Perseo no quería mirarme, le costaba mantener el equilibrio. De todas formas, era fuerte, y cuando tiró de la espada con violencia, la tuve que soltar. La echó a un lado, sin dejar de taparse los ojos con el brazo, y la acercó a mi cuello.

No sé qué se apoderó de mí para hacer lo que hice a continuación. Me agaché, embestí con fuerza y de un codazo arrojé la espada lejos de mí. Y de mis serpientes, fue nada menos que Eco la que atacó y le mordió el hombro. Con un grito, Perseo vio cómo su reluciente espada salía volando de su mano. Se volvió hacia mí con el rostro descubierto, frente a frente, chico a chica, ojo a ojo. Vio mis serpientes con expresión de absoluto asombro.

—Medusa —susurró.

Y entonces ocurrió la cosa más extraña. Mientras Perseo me contemplaba fijamente, la mandíbula se le abrió de par en par, los ojos se le petrificaron de asombro. Su boca tomó forma de *O* y su piel palideció como si los dioses hubieran sorbido toda su sangre por las venas.

—¡Perseo! —grité—. ¡Perseo!, ¿qué sucede?

Era demasiado tarde: mi nombre fue la última palabra que pronunció. Estaba desapareciendo ante mis ojos: los iris se le pusieron de un gris lechoso. Sus pupilas se desvanecieron, su carne se tornó pétrea, sus brazos, rígidos.

Estábamos tan cerca el uno del otro que percibía la sinfonía de su piel agrietándose y convirtiéndose en piedra. Juro que oí un grito lejano que podría haber sido de su madre. Lo abracé, lo sacudí, lo toqué por todas partes tratando de reanimar sus extremidades, pero no ocurrió nada. Sus pies eran como efigies debajo de un cuerpo que ahora era una tumba: Perseo convertido en su propia

HIS FACE BARED·
TO MINE, GIRL TO BOY,
HIS EXPRESSION ALL
MENT. PERSEUS
at Me. his JAW dROPPed
EYES fRoZENin
ASTONISHME

lápida. Entonces recordé la advertencia de Atenea: «¡Ay del hombre que sea lo suficientemente tonto como para mirarte ahora!».

Toqué el codo endurecido de Perseo, sus puños de dedos congelados. Orado aullaba a su lado y yo miraba horrorizada. Mi amigo, mi sueño, un muchacho: muerto y enterrado.

CAPÍTULO TRECE

Hay quien piensa que nacemos con el destino escrito en la sangre. Pero ¿quién lo escribió? ¿Los dioses? ¿La suerte, una misteriosa mezcla de nacimiento y estrellas? Todos estábamos planeados, sólo que no lo sabíamos. Pisamos un sendero completamente formado; quienes se desvían, chocan y mueren. Hay también quien piensa que nacemos como una tabla en blanco. Limpios como el agua de manantial, nos convertimos en creadores de nuestros propios huracanes.

Yo creo que son ambas cosas. Yo tenía un mapa, una estrella, pero también provoqué algunos huracanes. Te cuento esto porque necesito que entiendas lo que pasó cuando Perseo apareció en mi isla. Tomé una decisión, pero también esa decisión estaba fuera de mi alcance, esperando a que alguien la tomara.

Sabía que Perseo y yo no podríamos quedarnos para siempre en los lados opuestos de aquel arco. Creo que parte de mí lo supo desde el momento en que lo vi en su bote. Esteno lo sabía. Incluso antes de descubrir quién era yo, Perseo también lo sabía. Ambos sabíamos que el tiempo se saldría con la suya y haría con nosotros lo que quisiera, pero saberlo no te ahorra la sorpresa cuando finalmente ocurre.

¿Pateé el escudo para que me viera, sin importarme las consecuencias? ¿O lo hice para alejar su espada? Los poetas se dividen. De todas formas, le pedí a Perseo, una y otra vez, que no entrara en la cueva. Le supliqué que se fuera. ¿Y me hizo caso? No.

Quién sabe qué habría pasado si me hubiera obedecido. Si hubiera partido, quizás habría encontrado a algunos monstruos de verdad que matar, para construir su propio mito: tal como yo he hecho aquí, al apropiarme finalmente de mi historia. Perseo el valiente, Perseo el rey: suena familiar. ¿Quizás habría salvado a una doncella para después casarse con ella? Tal vez en otro universo, eso es exactamente lo que hizo.

En mi universo no. En mi universo, yo lo dejé en el borde de un acantilado. Tengo que contarte algo más: vi mi rostro en su escudo y me gustó.

Perseo quiso acabar conmigo por culpa de una historia que no era la que yo te he contado aquí. Debes tener cuidado de quien cuenta tu historia. Durante mucho tiempo, no tuve más remedio que escuchar las habladurías, pero sabía que llegaría mi hora. Sabía que un buen día podría contarte todo esto.

Algunos días sigo sin poder creer cómo vi la suave carne de Perseo endurecerse y convertirse en roca y cómo lo dejé a la intemperie para que se desgastara con el viento y la lluvia, para que el sol lo blanqueara y las gaviotas lo mancharan para toda la eternidad. Parece algo que le hubiera pasado a otra persona. Desde entonces, he avanzado hasta aquí. Él me enseñó sin darse cuenta.

Después de que se convirtiera en piedra, lo saqué de la cueva para examinarlo con mejor luz y, al confirmar que ya no era una amenaza, lo dejé tirado en la hierba. Orado seguía aullando, lamiendo el pie de piedra de Perseo. Mis hermanas, que aterrizaron cerca de ahí, no podían creer lo que veían. Les expliqué lo que había sucedido. Euríale estaba fascinada por la metamorfosis de Perseo y ni se le ocurrió enfurecerse conmigo por haber guardado un secreto tan peligroso.

—Entonces… ¿simplemente te miró y se convirtió en piedra?

—Exacto.

—Eres una mujer poderosa, Medusa —dijo sonriendo—. Mis respetos —miró la estatua de Perseo y agregó con los brazos en las caderas y las alas medio extendidas, dando vueltas en torno a la forma inerte—: Vamos a tener que romperlo. Hay que enterrar las evidencias.

—No podemos hacer eso. Tenemos que honrar su cuerpo —dije.

Euríale se mofó, pero me mantuve firme.

—Tenemos que honrar lo que pasó aquí, Euríale. Tenemos que honrar lo que soy. Ya no me da miedo Atenea. Me ha mostrado lo que soy y sigo aquí.

Orado resopló al pie de la estatua, como si la solución a la inmovilidad de su amo estuviera enterrada en la hierba. Alargó las patas delanteras sobre las rodillas de Perseo y ladró con todas sus fuerzas para resucitarlo.

—Lo siento, Orado —dije. El perro me miró; sus ojos humedecidos no entendían adónde podría haberse ido su amo y tampoco yo podía decírselo.

—No te disculpes —dijo Euríale—. Te estabas defendiendo. Pero ¿quién lo creerá, con ese aspecto que tienes, y siendo él hijo de Zeus?

—Perseo vino aquí por su voluntad, Medusa —dijo Esteno—. Hablaste con él, compartiste tu tiempo con él y lo escuchaste. Le dijiste tu nombre y te dijo que eras un monstruo.

—Pero me creía, Esteno.

—Sí, pero cuando le advertiste que no se acercara, no escuchó. No tenías ni idea de que Atenea te había dado este poder. Creo que los dioses, por caprichosos que sean, sabrán entenderlo.

—Sólo el tiempo lo dirá —dijo Euríale suspirando.

Este poder.

Eres una mujer poderosa, Medusa.

Las palabras de mis hermanas me daban vueltas en la cabeza. Toda la vida había tenido miedo del poder de otras personas, con mayor razón del mío. Miré el rostro de Perseo: esos pómulos labrados, angulosos como una sepia; la tersa mandíbula; la arruga congelada entre sus cejas; su boca formando una *O*. Y si la besaba, ¿cobraría vida? Me arrodillé y puse mi boca sobre la suya: labios tibios sobre piedra helada. Nada. Esto no era un cuento de hadas. Me pregunté si de verdad quería que resucitara. Orado lamía las duras espinillas y pantorrillas de Perseo con la ternura de una gata con su cría a medio ahogarse.

—Medusa, tienes que despedirte —dijo Esteno.

Caminé por el acantilado, recogiendo ramilletes de cabellos de Venus, nomeolvides, espigas y rosas silvestres. Mis hermanas levantaron a Perseo y lo pusieron de cara al mar. Entretejí los tallos para hacer una corona lo mejor que pude y se la puse en la cabeza. El viento amainó y las gaviotas dejaron de graznar. En lo alto, el sol nos daba en la cabeza como el ojo de un dios, tratando de iluminar las grietas en nuestro interior.

Perseo había pretendido ser un guerrero, un hombre capaz de matar, pero era yo quien había dado ese paso. Yo era una chica, pero también una gorgona. ¿Cuál era mi lado verdadero? ¿Tendría que elegir o ya era una combinación permanente de ambas? No tenía nada de bueno haber matado a alguien. Si le haces eso a una persona, la llevas contigo el resto de tu vida: una prisión perpetua. Años después, Euríale seguía hablando de lo que le hice a Perseo como si hubiera estado justificado. Cada vez que lo hacía, el ala de un cuervo golpeaba mi corazón. Al desplegarse la vida ante ti, ¿qué te hace estar tan segura de que tus razones son las correctas? Nunca lo sabes con certeza; tan sólo intentas sobrevivir.

Con el paso de los años, sin embargo, llegué a recordar la sensación de esa espada sobre mi piel aún más que al mismo Perseo. Una vez que levantó esa espada contra mi carne estaba escrito que uno de nosotros no saldría vivo de esa cueva. Cuando Perseo se abalanzó hacia mí, debí haberme dado cuenta de algo: no iba a dejarlo destruirme para sus propios fines sólo por ser yo quien era, o quien él pensaba que era. Eso resultaba sencillamente inaceptable.

—Perseo, hijo de Dánae —dije, dirigiéndome a la estatua. Pensé que le gustaría que mencionara a su madre—. Ahora estás en los Campos Elíseos, no tengo duda.

—Debemos irnos —dijo Euríale—. Si no quieres romperlo, está bien, pero creo que es mala idea dejarlo aquí. Estás haciendo un monumento que podría incriminarte. Pongámoslo de nuevo dentro de la cueva.

—No. Se queda en el acantilado —dije.

—Medusa… —empezó a decir Euríale, pero Esteno la hizo callar con la mirada.

—¿Creéis que alguna vez volveremos aquí para recordar lo que pasó? —pregunté.

—Quizá —dijo Esteno, pero no parecía muy convencida.

—¿Seremos siempre unas fugitivas? —pregunté.

Esteno me estrechó entre sus brazos.

—No. A partir de este día, nunca más huiremos de nada ni nadie.

Fue idea de Esteno tomar el bote de Perseo. No queríamos los malos recuerdos de esa isla. Irnos en el bote tenía sentido, dijo, porque no sabíamos cuán lejos debíamos ir y mis hermanas no podrían transportarme toda la vida. Ahí, en la caleta, el bote se pudriría y el casco se llenaría de percebes. En cambio, rescatar ese pequeño escollo de sufrimiento para nosotras podría significar la felicidad.

Nos llevamos a Orado, claro, junto a Argentus. Al principio, Orado se mostraba renuente; lanzó unos pequeños ladridos de dolor cuando se dio cuenta de que lo estábamos apartando de su lugar al pie de la estatua. Pero ¿cómo sobreviviría sin nadie que le diera de comer, intentando atrapar gaviotas, sin nadie a quien hacerle compañía? Parecía como si se lo estuviéramos robando a Perseo, pero yo ya estaba acostumbrándome a esta nueva sensación de llegar a acuerdos incómodos, de quedarme en las zonas grises e intermedias de la vida y no en las rigurosas franjas de blanco y negro en las que creía cuando era niña.

Arrojamos la espada, el escudo y el casco al mar. Los vimos hundirse, oxidarse, convertirse en hogar de criaturas a las que nunca conoceríamos.

Hacía más de cuatro años que no me había subido en un bote, pero en cuanto pisé la cubierta me volvieron los recuerdos de tiempos anteriores a Poseidón. Recordé cómo navegar. Recordé cómo escuchar el viento, sentirlo en el rostro, virar a este lado o al otro, mientras mis hermanas volaban sobre mí, vigilándome. Yo era de Océano. Yo era la poeta navegante. En el agua, sin tierras ni fronteras, finalmente había llegado a casa.

Me moría por sacar las redes.

Al levar el ancla aquella primera mañana soleada tuve una emocionante sensación de valentía, de poder, de posibilidad. Si bien navegar era algo a lo que estaba acostumbrada, estas sensaciones eran completamente nuevas. Partimos. Ahora yo era la viajera y Perseo estaba allá arriba, ciego y encallado. La vida te presenta espejos extraños.

Llevaba muchísimo tiempo sin entrar en el mar por miedo a Poseidón. Pero ya no me asustaba. Lo que me hizo aquella noche, tanto tiempo atrás, no es más que un ladrillo de la casa que soy. Es una casa inmensa que he construido y en la que vivo y que he dejado preciosa, a pesar de las horribles intenciones del dios. De hecho, no es cierto que Poseidón no me haya dado nada: me dio el conocimiento de que, pase lo que pase, sigo siendo Medusa.

Los cambios que sufrí por Atenea y por él me habían dejado durante años con la sensación de no tener ningún control sobre mí, pero cuando Perseo me atacó con la espada en la cueva algo cambió. Estaba orgullosa de ser quien era y tenía tanto derecho de estar viva como Perseo. Todos me habían puesto a prueba, todos habían intentado ver si me rompía. Pero ya estaba cansada de que los hombres, los dioses y las diosas determinaran el ir y venir de mi vida y mi estado de ánimo.

Había confiado en Perseo, había creído que era mi única esperanza real, pero resultó que mi única esperanza real era yo misma.

En el mar, mis serpientes estaban encantadas con el movimiento. Estaban por todas partes, estirándose aquí y allá para ver los delfines y las marsopas, las sirenas curiosas con conchas enhebradas en el cabello, que emergían desde las profundidades para contemplarme asombradas. No es poca cosa que sea una sirena la que se te queda mirando con asombro, pero cuando lo hacían les decía adiós con la mano. Para gran alegría mía, respondían mi saludo.

Me sentía majestuosa y aterradora. Sentía, como cuando era niña, que me pertenecía a mí misma. Dijera lo que dijera, hiciera lo que hiciera, estaba en perfecta simbiosis con mi alma. Así como la serpiente se muerde la cola, yo todos los días moría con el sol, pero, al llegar la mañana, volvía a darme a luz. ¿Y adónde fuimos mis hermanas y yo? No hacia las tierras de neblina y melancolía ni a las de sangre y humo. De eso ya estaba harta y tampoco quería ser una de esas almas que vaga por el mundo en busca de algo siempre inalcanzable. Nos quedamos en el mar y navegábamos.

Alguna vez había pensado que parecíamos fenómenos de circo: mis hermanas volando por los aires con las alas extendidas; yo abajo, en la cubierta, con las serpientes brotando como listones, los perros en la proa, con el pelaje dorado y plateado bajo el sol. Ahora sé, sin embargo, que nos veíamos espléndidas.

En los primeros años después de dejar la isla, a veces recordaba a Perseo y tenía pesadillas; me despertaba pensando en Dánae y Driana, preguntándose adónde habría ido su niño amado. ¿Habrían obligado a Dánae a casarse con Polidectes o habría conseguido escapar de ese destino? Esperaba que hubiera escapado. Pensaba que podría escribirles, incluso que podría visitar Serifos… quizás lo entenderían. Pero no quise arriesgarme. El dolor de una madre vería en mí al monstruo, no a la chica que le entregó su confianza a un chico que no supo qué hacer con ella.

No quería que el fin de Perseo extinguiera mis anhelos de amor. Después de lo que ocurrió en mi isla, me preocupaba que el amor sólo funcionara cuando no puedes ver realmente al otro. ¿Es perfecto el amor sólo cuando uno de los dos se oculta tras un escudo o una roca, o cuando uno de los dos está muerto y no puede responder? Nos habíamos hecho a nuestra propia semejanza, pero en nuestro caso, Perseo no contaba con una cabeza de víboras, tal como yo no contaba con una espada. Ahora sabía que nunca podríamos haber estado juntos, pues él era incapaz de aceptarme tal como era. Esteno tenía razón en que debía contárselo a Perseo, porque al final él me salvó de una vida de suponer que el romance sería mi salvación. ¿Me amaba? ¿Cómo puedes amar a alguien y querer cercenarle la cabeza? Pueden llamarme ingenua, pero es una clase muy extraña de amor. Perseo se sentía solo. Se sintió atraído a mí como yo a él. Pero a la hora de la verdad, ese día habló en él algo más fuerte que el amor.

Si llego a enamorarme de alguien y le cuento la verdad sobre mi poder, seré yo la atormentada cuando él decida irse, pues ¿cómo explicarle a un hombre que deseo realmente que me vea pero que pagará ese placer con su vida? Besarlo sería matarlo y no podría confiar en que él escuchara mi advertencia. Perseo no me había escuchado. Pensaba saber lo que hacía. Tal vez en algún lugar existe un hombre que pueda guardar una cómoda distancia. Eso sólo lo saben los dioses.

Así pues, seguimos navegando, deambulando por el mundo en nuestro bote robado. Muy de vez en cuando echamos el ancla en alguna orilla, pero nunca piso tierra. No porque tenga miedo de ser vista, sino porque no quiero acumular más innecesarios hombres de piedra en mi haber. Vivo en las afueras, en las azules profundidades que bordean nuestras ciudades, llanuras y playas.

Es toda una cadena perpetua: nunca poder acercarme a una persona por temor de que, si un amante llega a ponerme la vista encima, acabaría con él. Podría coleccionar hombres como fichas de piedra y colocarlos en un tablero sobre la cubierta. Eso le gustaría a Euríale.

No me siento sola. La autoconciencia es una gran manera de desterrar la soledad. Y mis hermanas, las inmortales, están conmigo. El océano me hace compañía, igual que los perros… y que tú, claro, que estás aquí, escuchando. Al viajar por el mundo, he notado que hay más personas escuchando, las percibo. Sé que tienen preguntas. Siento una profunda vibración en la tierra, en los cielos y las estrellas, y quiero dar mi respuesta.

Y algo curioso: quizá sea por pasar tanto tiempo con mis hermanas, para las que el tiempo no significa nada, pero tengo la sensación de poder seguir para siempre, o, si no yo, al menos mi mito. Podría romperme en un millón de pedazos y asediar un millón de mentes. Podría ser el impulso para las hazañas de fama, libertad y asombro de incontables mujeres. Podría vivir cientos de años más, atravesar continentes y océanos, imperios y culturas. Porque, a diferencia de una estatua, a un mito no puedes romperlo o colocarlo en lo alto de un acantilado. Un mito encuentra el modo de ser recordado. Adquiere una nueva forma y se levanta de la tumba en todo su esplendor.

Podrías quitarme los brazos y las piernas, el cuerpo y los pechos; podrías cortarme la cabeza y ni así acabar con mi mito. No encontrarás mi respuesta en el acertijo de un pie de piedra, no me encontrarás en mis serpientes. No me encontrarás en mis actos ni en poemas escritos por hombres que murieron siglos atrás. Me encontrarás, en cambio, cuando me necesites, cuando el viento escuche el llanto de una mujer e impulse mis velas. Y le susurraré al mar que una nunca debe tenerle miedo al escudo levantado, al reflejo en la ventana de una oficina o al espejo de un baño.

Te diré que te asomes a mí y entonces verás. Mira, Medusa, chica y gorgona.

Tú.

Yo.

Te diré que te
asomes a mí y
entonces verás.
Mira, Medusa,
chica y gorgona.
Tú. Yo.

SOBRE LA AUTORA

Jessie Burton estudió en la Universidad de Oxford y después en la Royal Central School of Speech and Drama. Es autora de tres novelas para adultos: *La casa de las miniaturas* (2014), *La musa* (2016) y *The Confession* (2019). Fue número uno de ventas del *Sunday Times* y de *The New York Times*. *La casa de las miniaturas* vendió un millón de ejemplares en todo el mundo en el primer año tras su lanzamiento y cuenta con una adaptación televisiva de la BBC. Su obra ha sido traducida ya a cuarenta idiomas. Su primera novela juvenil fue *The Restless Girl*. *Medusa* es su obra más reciente, una delicada y poderosa reinvención del mito griego desde un punto de vista feminista y contemporáneo.

SOBRE LA ILUSTRADORA

Olivia Lomenech Gill se licenció en teatro en la Universidad de Hull y obtuvo una maestría en grabado en el Camberwell College of Arts. Se dedica profesionalmente a las bellas artes. Su primer encargo como ilustradora, *Where My Wellies Take Me*, escrita por Michael y Clare Morpurgo, fue finalista de la medalla CILIP Kate Greenaway y consiguió el premio al mejor libro ilustrado de la English Association. Es también ilustradora de *Animales fantásticos y dónde encontrarlos* de J. K. Rowling. Vive y trabaja en el norte de Francia con su esposo, especialista en la conservación del arte en papel.